KB124011

로크미디어가
유혹하는
재미있는 세상

ROK
MEDIA
로크미디어

이것이 법이다

# 이것이 법이다 108

2021년 3월 4일 초판 1쇄 인쇄
2021년 3월 9일 초판 1쇄 발행

**지은이** 자카예프
**발행인** 이종주

**총괄** 김정수
**경영 지원** 배진경 임혜솔 송지유

**기획** 이기헌 왕소현 박경무 강민구
**책임 편집** 최전경

**발행처** (주)로크미디어
**출판등록** 2003년 3월 24일
**주소** 서울시 마포구 성암로 330 DMC첨단산업센터 3층 318호, 319호
**Tel** (02)3273-5135 **편집** 070-7863-8592 **Fax** (02)3273-5134
**홈페이지** rokmedia.com **E-mail** rokmedia@empas.com

© 자카예프, 2015

값 8,000원

ISBN 979-11-354-8910-5 (108권)
ISBN 979-11-255-9575-5 04810 (세트)

# 이것이 법이다

## 108

자카예프 장편소설

로크미디어

# CONTENTS

"뭐, 뭐야! 이거 뭐야!"

성만세는 눈을 크게 떴다. 그가 유기치사 혐의로 고발되었기 때문이다.

"장난해? 내가 뭘 짓을 했다고 고발이야!"

그는 발끈해서 길길이 날뛰었지만 경찰은 그런 그를 무시했다.

"이 기록에 따르면 성만세 씨가 보호 대상인 성호준 씨 유기한 게 사실인데요."

"아니 그 노친네, 아니 아버지가 나가서 살겠다고 한 게 내 잘못이야?"

"증인들의 말은 전혀 그게 아니던데요."

경찰은 코웃음을 치면서 말했다.

이미 관련자들의 증언에 대해서는 다 확인했다.

이건 누가 봐도 유기한 게 맞았다.

"나가서 산다고 했다 해도, 집을 구해 준 것도 아니고 고시원을 구해 주고 그나마도 시간 좀 지나자 그것도 끊어 버리고 말이지요."

"그건 아버지가 내가 준 돈으로 모조리 술을 사 먹으니까……."

"그러면 알코올중독을 치료하러 보내야지요, 고시원에 버리는 게 아니라."

"그걸 거부했다고!"

"그래서 가족의 동의하에 강제로 입원이 가능한 겁니다. 진짜 생각 없는 아저씨네."

경찰은 혀를 끌끌 찼다.

"일단 이 사건에서 보면 아버님을 유기한 건 빼도 박도 못한다고요."

"난 아니라니까!"

"다들 아니라고 그러더라고요."

경찰은 혀를 끌끌 차면서 모니터 너머로 성만세를 바라보았다.

"아저씨, 아니 당신."

"당신? 당신? 고작 짭새 새끼가 당신인?"

"당신 아직도 정신 못 차렸네. 몇 년 전에 유기치사로 한

무리가 감방 간 거 몰라? 그 이후에 우리가 뭐 놀고먹은 줄 아나?"

전국적인 유기치사 사건.

노형진의 조사로 인해 벌어진 그 사건은 경찰에게 관련 경험을 충분히 제공했고, 척 보면 착이라는 말이 나올 정도로 뻔한 행동 패턴을 읽어 내기에 충분했다.

"당신 같은 사람 한두 명 본 거 아니라고. 부모를 길바닥에 던지고 배때기에 기름 채우면 좋아?"

"너 이 새끼! 짭째 새끼가 어디 민원인한테!"

"아…… '민원인'."

경찰은 피식 웃었다.

가끔 이런 놈들이 있다.

죄를 반성하기보다는 상대방의 약점을 잡아서 벗어나려고 하는 인간들.

당연하게도 그 대상에는 경찰도 포함된다.

실제로 많은 범죄자들이 경찰에게 민원을 넣거나 하는 식으로 압력을 넣는다.

그건 교도소에서도 마찬가지라, 오죽하면 감옥에 있는 죄수들의 민원 때문에 교도관들이 죄수들을 통제하지 못할 지경이다.

그걸 '교도관 길들이기'라고 하는데, 교도관에게 말도 안 되는 트집을 잡아 행정 서류를 준비하도록 함으로써 과로로 쓰러지게끔 유도하는 방식이다.

실제로 많은 범죄자들이 그렇게 함으로써 교도관을 길들이고 규칙도 어겨 가면서 편하게 생활한다.

어차피 인권 운동가들은 교도관 편이 아니라 범죄자 편이고, 그렇게 합법적 괴롭힘을 통해서 상대방을 꼼짝도 못 하게 할 수 있으니까.

마치 지금처럼.

"너! 내가 어떻게 해서든 옷 벗기고 만다! 너 이름 뭐야!"

하지만 경찰은 코웃음을 쳤다.

그가 이럴 거라는 걸 안 건 아니지만, 이미 이럴 때의 대비책을 알고 있으니까.

교도소라면 어차피 막장이기에 범죄자가 거리낌 없이 그런 짓을 해도 막을 방법이 없지만 여기는 사회다.

"성만세 씨! 당신을 협박 및 모욕죄로 체포합니다."

"뭐?"

"아까 짭새라고 했지요? 그 짭새라는 말이 법원에서는 경찰에 대한 모욕으로 인정되었지요. 그리고 옷을 벗게 한다고요? 그것도 경찰에 대한 협박입니다."

경찰은 실실 웃으며 말했다.

"그런고로 현행범으로 체포되시는 거구요. 아, 혹시나 경찰에 압력이 들어오거나 공무상 방해가 되는 연락이 오는 경우 그 사람도 수사 대상 되는 거 아시지요?"

경찰의 행동에서 성만세는 입을 쩍 벌렸다. 이렇게 지랄하면 경찰은 알아서 기는 것이 보통이었기 때문이다.

하지만 그건 다른 사건에 한해 벌어지는 거다.

'개 같은 새끼 같으니라고.'

경찰들도 알고 있다.

자기 아버지의 목숨을 구했던 오진철을 그가 살인죄로 고발했다는 것을.

그리고 돈을 뜯어내기 위해 혈안이 되어 있다는 것을.

'그나저나 그 변호사는 어떻게 안 거지?'

일단 고발이 들어오면 조사해야 하는 건 경찰이다.

그래서 조사를 시작하려고 왔는데, 노형진이 찾아와서 그가 헛소리할 때의 대응책을 알려 줬다.

"너…… 너…….."

손을 부들부들 떠는 성만세.

"너 이 새끼!"

"새끼? 지금 새끼라고 하셨지요? 추가로 고발 들어가겠습니다."

결국 성만세는 입을 꾸욱 다물어야 했다.

"권력이라는 건 기본적으로 상속이죠. 현대는 더 그렇고요."

현대에 와서 누군가 새로운 권력을 만들어 내는 것은 거의 불가능에 가깝다.

그리고 성호준은 그다지 권력이 없었다.

"하지만 성만세는 성공한 사람 아닙니까? 그러면 국회의원 같은 걸 할 수 있지 않나요?"

무태식의 질문에 노형진은 고개를 흔들었다.

권력이 그렇게 쉽게 변할 수 있다면 헬조선이라는 말도 생기지 않았을 것이다.

"국회의원으로 당선되면 권력을 가질 거라 생각합니다. 하지만 1선이나 2선으로는 거의 불가능하지요."

3선 이상은 되어야 하는데, 국회의원의 임기는 4년이다.

즉, 12년간 그 자리를 지켜야 한다는 거다.

"현실적으로 그렇게 할 수 있는 사람이 얼마나 될 것 같습니까? 무태식 변호사님, 12년 전 대선 후보 중에 누구 기억나는 사람 있습니까?"

"으음, 축지법 쓰시는 분?"

"하하하, 그분이야 기억나겠네요. 한 지역에서 12년 동안 아성을 지켰다는 건 둘 중 하나입니다. 확실한 그곳 토호이거나 그 지역을 위해 헌신했거나."

그런데 후자라면 대부분 잘려 나간다.

그 자리에 다른 사람을 공천해 주려고 하는 게 권력의 속성이니까.

권력은 새로운 권력을 거부한다.

기존 권력을 빼앗기 위해서는 진짜 그 이상의 힘을 가져야 한다.

"그런데 성호준 씨는 아무런 힘도 없었습니다. 성만세가 돈이 좀 있기는 하지만, 그건 어디까지나 '좀 있는' 수준이고."

즉, 성만세에게 권력이 있는 것은 아니다.

"하지만 성만세는 입버릇처럼 '내가 누군지 알고'를 시전하더군요."

"그런데 왜 그럴까요? 어차피 힘이 있는 것도 아닌데."

무태식이 고개를 갸웃했다.

"힘이 없으니까요. 전에 말씀드렸다시피 힘이 있는 사람은 그 힘을 그다지 쓰지 않습니다. 사실 많은 갑질이 힘을 가진 사람이 직접 시킨 경우보다는, 알아서 기는 한국인의 습성으로 생기는 거지요."

소위 말하는 의전을 스스로 시키면 구설수에 오를 수도 있기 때문이다.

그래서 대부분 의전이 마음에 안 들면 나중에 지랄을 할지언정 먼저 어떤 의전을 요구하는 경우는 드물다.

문제가 되기도 하지만 품격이 없는 행동이라고 생각하기 때문이다.

물론 그 구설수도 덮을 수 있는 대기업 회장이나 4선 이상의 의원이라면 모르지만, 어쭙잖은 힘으로 권력을 부리면 일이 틀어지는 경우 감당이 되지 않는다.

"그래서 경찰한테 대응책을 말해 준 겁니다. 일단 기 한번 꺾고 시작하려고요."

무태식은 이해가 간다는 듯 고개를 끄덕였다.

긴급체포의 경우는 스물네 시간 동안 구치소에 넣어 둘 수 있다.

지금까지 내가 누군지 아느냐면서 언성을 높인 성만세라지만, 그건 어디까지나 상대방이 자신에게 손대지 못한다는 것을 알고 있을 때다.

"하지만 경찰이 한번 손댄 이상 그는 아무래도 처지가 곤란해지지요. 대부분 그렇게 내가 누군지 아느냐고 큰소리부터 치는 놈들은 그렇게 한번 당하고 나면 다시는 그 소리를 못 합니다."

"그런데 그게 중요한가요?"

"중요하지요. 일단 그는 범죄자가 되었으니까요."

성만세는 오진철의 사건이 진행되는 동안 계속 경찰과 검찰 그리고 법원을 찾아가서 진상 아닌 진상을 부렸다.

자신이 피해자라면서 말이다.

아무래도 경찰이나 검찰, 법원에서는 피해자에게 약하게 대할 수밖에 없다.

"한국에서는 목소리가 크면 다 이긴다는 말이 있지요. 애석하게도 그건 현재도 유지되고 있습니다."

법을 믿고 법관을 믿고 기다리는 피해자의 경우에는 가해자의 처벌이 터무니없이 떨어지고, 개진상 떨고 매일같이 괴롭히는 사람에게는 그의 입맛에 맞게 처벌이 떨어진다.

억울함을 판사가 이해해 줬다고도 할 수 있지만, 그 진상과 엮이고 싶지 않기 때문이다.

"참으로 슬픈 일이네요."

"하지만 범죄자가 목소리를 높이면 이야기가 달라집니다."

선량한 국민이 억울함을 외치는 거라면 국가조직은 약한 모습을 보일 수밖에 없다.

하지만 범죄 전력이 있는 자가 목소리를 높여 봤자, 국가는 그에게 상당히 공격적으로 대할 수 있게 된다.

그는 범죄 경력이 있고, 따라서 선량이라는 범주를 벗어났으니까.

"그가 주변에 억울하다고 한다고 해도, 사람들이 보기에는 그가 억울한 게 아니라 범죄를 저지르고 억울하다고 주장하는 것으로밖에 안 보이지요."

그래서 감옥에 갔다 온 사람들의 재기가 힘든 것이다.

일단 전과가 있다는 것만으로도 충분히 문제가 되니까.

♎

"재판장님, 피고인 성만세는 자신의 보호 대상이었던 피

해자 성호준을 고의적으로 유기하여 죽음에 이르도록 방치
했습니다."

홍보석은 새론의 부탁을 받고 성만세에 대한 조사를 진행
했다.

그리고 그가 유기치사상죄가 성립한다고 확신하고 고발을
넣었고, 돈을 뜯어낼 생각에 잔뜩 기대하고 있던 성만세는
졸지에 나락으로 떨어지기 시작했다.

"변호사님! 뭐라고 좀 해 봐요!"

홍보석의 공격에, 피고인석에 앉아 있던 성만세의 변호사
는 곤혹스러운 표정이 되었다.

"저 말이 사실입니까?"

"네?"

"아니, 아버지를 고시원에 두고 나중에는 고시원비도 끊
었다는 게 사실이냐고요?"

"아니, 그건……."

"아, 미치겠네."

변호사는 말 그대로 미칠 것 같은 얼굴이 되었다.

그럴 수밖에 없는 게, 성만세가 자신에게 의뢰할 때는 그
런 이야기는 하지 않았으니까.

"아버지를 죽인 살인자가 적반하장으로 나온다면서요?"

"그건……."

"그런데 이건 그런 사건이 아니지 않습니까?"

적반하장이라고 해서 나름 방어 수단을 마련해 왔다.

하지만 홍보석이 들고나온 증거들은 오진철과는 하등 상관없었다. 오히려 성만세가 성호준을 버리고 굶어 죽기를 기다린 흔적들이었다.

"그건 사소한 문제라고요!"

"사소한? 이게 어떻게 사소한 문제가 됩니까?"

이건 빼도 박도 못하고 유기치사상죄가 성립된다.

더군다나 그걸 사전에 알지도 못했으니 방어하기도 힘들다.

'미치겠네.'

가끔 이런 사람들이 있다.

의뢰할 때 자기에게 불리한 이야기는 쏙 빼고 유리한 이야기만 해 주는 인간들.

그들은 재판에 들어가서 그 진실이 드러나도 나는 모른다는 식으로 발뺌하는데, 그러면 변호사는 미칠 노릇이다.

"피고인 측 변호인, 하실 말이 없습니까?"

변호사는 판사의 말에 이를 박박 갈면서 일어났다.

아무리 통수를 맞았다고 해도 자신은 변호사로서 방어는 해야 하니까.

"재판장님, 검찰 측에서 주장한 성만세의 유기치사상죄는 현실적으로 성립하기 힘들다고 봅니다. 피해자 성호준 씨는 성만세의 아버지로서, 언제나 아들을 우선시하는 분이었습니다. 피고인 성만세 씨는 아버지를 모시고자 했지만 피고인 성호준 씨가 거절했습니다. 시대가 바뀌면서, 자식이 부모를 모시고 싶어 해도 부모가 거절하는 시대가 된 것입니다."

증명할 수도 없는 뻔한 거짓말이다.

하지만 또 그런 세태가 있는 것도 사실이다.

급박한 상황이지만 성호준에게 그런 생각이 있었을 수도 있는 일이고, 그런 경우라면 유기치사상죄가 성립되지 않을 가능성도 있다.

성만세의 변호사는 나름 머리를 써서 급한 대로 방어한 것이다.

"물론 그런 경우도 있기는 합니다. 부모가 불편하다고 해서 자식이 방을 따로 구해 주는 경우도 있지요. 하지만 고시원이라니요? 그건 사회 전반의 규범에 의하면 타당하지 않은 행동입니다. 재판장님, 여기 성만세 씨의 재산 내역을 참고 자료로 제출하는 바입니다. 이를 보면 아버지인 성호준 씨에게 최소한 원룸 정도는 어렵지 않게 구해 줄 수 있었으며, 투룸이나 오피스텔도 가능했습니다. 그럼에도 불구하고 성만세 씨는 평균가 이하의, 최저 등급의 고시원을 제공하였습니다."

"그건 성호준 씨의 선택이었습니다."

죽은 자는 말이 없는 법.

무조건 성호준의 선택으로 몰아붙이는 방법 말고는 없는

상황에서 변호사는 무조건 성호준의 이름을 팔았다.

"애초에 성호준 씨는 천성이 자유로운 성격이었고, 그래서 집에도 거의 들어오지 않는 사람이었습니다."

없는 사실까지 만들어 내는 변호사.

하지만 그걸 부정할 방법이 없다는 게 문제다.

증인은 가족들, 그러니까 성만세뿐이니까.

"과거 성호준 씨가 방랑벽이 있었다는 이유로 그 아들인 성만세 씨를 처벌하는 것은 책임 소재의 문제에 오해가 있다고 볼 수밖에 없습니다."

역시나 성만세의 변호사는 호락호락하지 않았다.

나름 자신이 할 수 있는 최선의 방어법으로 방어했다.

하지만 그는 몰랐다, 자신이 모르는 증거가 있다는 것을 말이다.

"친애하는 재판장님."

홍보석은 그렇게 열변을 토하는 변호사를 불쌍하다는 듯 바라보았다.

'안 봐도 뻔하네.'

당황한 변호사의 얼굴을 보니 대충 무슨 일이 벌어졌는지 알 수 있었다.

─의뢰인은 항상 거짓말을 한다.

노형진의 지론이다.

그리고 다른 사람에게도 꼭 알려 주는 사항이기도 하다.

그 거짓말이 큰 거짓말이든 작은 거짓말이든, 본인에게 불리한 것은 감추는 것이 인간의 본능이다.

그걸 알기에 도리어 변호사는 더더욱 의뢰인의 말을 확인해야 한다.

그러지 않으면 이런 일을 당하게 되니까.

"재판장님, 그러면 이 기록을 봐 주시기 바랍니다. 이 녹음 파일은 성진병원 응급실에서 확인된 통화 기록입니다."

"성진병원?"

낯선 병원의 이름에 변호사는 고개를 갸웃했다.

하지만 어쩐 일인지 성만세의 얼굴이 새파란 색으로 변하기 시작했다.

"이 내용은 피고인 성만세의 유기치사의 가장 확실한 증거가 될 것입니다."

마우스를 클릭해서 파일을 재생하는 홍보석.

이윽고 스피커에서 목소리가 흘러나왔다.

–안녕하세요. 여기 성진병원 응급실인데요.

–성진병원? 거기서 왜 저한테 전화한 겁니까?

녹음기 안에서 나오는 성만세의 목소리.

그러자 모두의 시선이 성만세에게 향했다.

성만세는 고개를 들지 못하고 푹 숙였고, 목소리는 계속 재판장에 울려 퍼졌다.

—지금 성호준 씨가 쓰러지셨거든요. 경찰한테 확인해 보니까 가족분이시던데, 지금 위독하세요.

잠깐 동안 흐르는 침묵.

그리고 대략 3분쯤 시간이 지나자, 다시 성만세의 목소리가 들려왔다.

—놔두세요.

—네?

—그냥 죽게 놔두라고요. 왜 전화했는지 모르지만.

—아니, 저기요. 성호준 씨가 심장마비가 왔었습니다. 일단 심장박동은 제대로 돌아왔지만 입원을 위해선 보호자의 동의가 필요해서요.

—나 그 인간 보호자 아닙니다. 나는 모르는 일이니까 알아서 하라고요. 병원비도 안 줄 거고 치료 동의도 못 해 주니까, 그냥 죽게 놔둬요.

—네? 하지만 아드님이라고…….

—아들이고 뭐고 난 이제 상관없는 사람이라니까! 병원비도 달라고 하지 말고 치료도 하지 말고 전화도 하지 말고! 알았어?

그리고 끊어지는 전화.

"아마도 병원에서 이루어지는 외부 통화는 전부 녹음되고 있다는 걸 모른 것 같은데요."

홍보석은 성만세를 차갑게 보면서 말했다.

"이게 유기가 아니라고 생각하시나요, 피고인?"

고개를 푹 숙인 성만세를 보면서 그쪽 변호사는 얼굴을 문지르면서 마른세수를 할 수밖에 없었다.

답이 보이지 않았다.

결국 유기치사상으로 성만세는 처벌을 피할 수가 없었다.

증거도 확실했고, 녹음 내역은 그냥 대놓고 그가 성호준을 죽이라고 한 상황이었으니까.

그 녹음 파일은 성호준이 심장마비로 쓰러졌을 때 녹음된 것이었다.

당연히 그것에 대해 전혀 신경도 쓰지 않았던 성만세는 그 파일의 존재조차도 모를 수밖에 없었다.

"확실하게 유죄가 나왔으니 무태식 변호사님은 이걸 가지고 재판을 하시면 됩니다."

유기치사상이 성립하게 되면 분명 오진철이라는 사람의 존재가 애매해진다.

법원은 성만세의 주장을 받아들여서 오진철에게 처벌을 내린 것인데, 정작 그 성만세가 성호준을 죽이려고 한 범죄자가 되었기 때문이다.

"그러면 책임 소재가 애매해지기도 하지요."

오진철의 긴급행위로 인해 성호준이 사망한 것은 사실이다.

하지만 성호준을 죽도록 방치하고, 구조가 필요한 상황에서도 외면한 것은 성만세다.

"그런 상황인 만큼 그 책임 여부가 애매해지지요."

더군다나 성만세는 이미 처벌을 받은 상황.

당연히 이런 경우에 법률적으로는 누구의 책임이 더 큰지가 관건이다.

"직접적으로는 오진철의 행위로 인해 벌어진 것이 사실이지만, 그 상황이 벌어지도록 유도한 건 성만세니까요."

무태식은 고개를 끄덕거렸다.

"고의 여부가 핵심이군요."

"네. 오진철 씨는 고의성이 전혀 없습니다. 하지만 성만세는 좀 다르지요."

그리고 성만세가 유기치사로 처벌받으면 법적으로 애매한 상황이 되어 버린다.

"죄는 하나인데 공범이 아닌 두 사람이 책임지게 되는 거지요. 이건 논리적으로 말이 안 됩니다."

노형진이 노리는 게 바로 그거였다.

"그러면 법원 입장에서는 양쪽 중 하나를 선택해야 하지요."

고의는 없지만 사람을 살리려다가 실패한 사람.

고의적으로 사람을 죽이려고 한 사람.

"그러면 2심은 충분히 뒤집을 수 있습니다."

애초에 법원에서는 오진철에게 떨어지는 처벌을 최대한 줄이려고 했다.

그런데 그 책임을 물을 사람이 달리 존재한다면 그 책임은 당연히 줄어든다.

2심에서 충분히 무죄가 나올 수 있다. 이미 누군가 죽이려고 한 행동이 있고, 그걸 실패한 거니까.

"아마 성만세는 미치고 팔짝 뛰겠지만요, 후후후."

⚖️

무태식은 어렵지 않게 2심에서 사건을 뒤집었다.

당장 성만세가 성호준을 방치한 것이 사실이니까.

당연하게도 민사소송도 의미가 없어졌다.

민사를 한다는 것은 오진철에게 성만세가 그 책임을 묻는 다는 것이다.

그런데 성만세 스스로가 성호준을 먼저 죽이려고 했던 것이 드러나고 그걸 위해 고의적으로 방치한 것이 드러나면서, 그 책임 소재가 명확해졌으니까.

"감사합니다. 감사합니다."

오전철은 노형진과 무태식의 손을 잡고 눈물을 흘렸다.

인생이 끝나는 줄 알았다.

그런데 노형진 덕분에 가까스로 지옥에서 기어 나온 기분이었다.

"이번에는 운이 좋았습니다."

노형진은 오진철을 다독거리며 말했다.

"아마도 다음번에 또 같은 일이 일어나면 그때는 남을 돕지 않으시겠지요."

노형진이 씁쓸하게 웃으며 말하자 오진철은 곤혹스러운 표정으로 말했다.

"아마도……."

"그게 정상이지요."

그렇게 당하고도 또 남을 돕는다고 나선다면 그건 호구일 뿐이다.

인간은 자기가 우선이다.

자기 인생을 갈아 넣으면서까지 남을 구하려고 하는 사람이 얼마나 될까?

그나마 가능성이 있던 사람들마저도, 이런 일이 벌어지면 도움을 주는 걸 꺼리게 될 수밖에 없다.

"중국을 욕할 게 아니라니까요."

중국은 옆에서 사람이 죽어도 강간이 벌어져도 신경도 쓰지 않는다.

그걸 돕다가 도리어 공범 취급되거나 상해를 입어도 어떠한 보상도 없기 때문이다.

그건 한국도 마찬가지.

물론 중국 공안처럼 신고한 사람을 범인이라고 일단 두들겨 패는 일은 없지만, 남을 도와주고도 오히려 죄를 뒤집어쓰는 사람들은 제법 많다.

"그만 가 보세요. 어머님이 기다리십니다."

"네. 감사합니다, 감사합니다."

오진철은 고개를 몇 번이나 숙이고 사무실을 나갔다.

그런 그를 보면서 무태식은 왠지 처량한 표정으로 말했다.

"어쩌면…… 세상은 지옥으로 변하고 있는 걸지도 모르겠네요."

노형진 역시 자신도 모르게 동의할 수밖에 없었다.

그도 죽다 살았지만 지옥은 보지 못했다.

그렇다 보니 어쩌면 이 세계가 지옥이 아닐까 하는 생각이 들었다.

"네…… 어쩌면 말이지요."

여러모로 씁쓸하기만 한 사건이었다.

혐오 vs 혐오

새론은 사회적으로 제법 큰 규모다.

직원들 숫자도 많고 수익도 높다.

그렇다 보니 여러 곳과 손잡고 있고, 당장은 아니라 해도 손을 잡자고 청원하는 사람들이 존재한다.

하지만 모든 곳과 손잡을 수는 없다.

단순히 법률적 지원도 힘든데 하물며 금전적 지원이 들어가야 하는 곳이라면 더더욱 힘든 법이다.

그러나 세상은 물에 빠진 걸 구해 주면 보따리를 내놓으라고 하는 사람들이 천지다.

"지원요?"

"그렇습니다. 새론쯤 되면 사회적 지원을 많이 하셔야지요."

"이미 저희는 많은 사회단체를 지원하고 있습니다만."

김성식은 혈압이 끓어오르는 것을 참으며 눈앞에 있는 남자에게 차분하게 말했다.

"알고 있습니다. 그러니 저희를 위해서도 지원이 가능하리라 생각합니다만."

아주 맡겨 놓은 물건을 내놓으라는 듯 당당하게 말하는 남자.

그 남자를 보면서 김성식은 어이가 없었다.

"가능한 것과 그 정당성이 인정되는 건 전혀 다른 문제지요."

"저희 크레파스가 정당성이 떨어진다고 생각하는 건가요?"

"그건 아닙니다만, 저희가 지원하는 쪽과는 전혀 상관이 없지 않습니까?"

새론은 법률 회사로서, 최대 지원 대상은 범죄의 피해자들 또는 법률적 지원을 받지 못하는 가난한 서민들과 빈민들이다.

사실 돕자고 나서면 도울 사람은 천지다.

게다가 사람만 돕는 게 아니다.

동물도 보호해야 하고 자연도 보호해야 한다.

하지만 모두를 구할 수는 없으니 결국 일단 우선순위를 둬야 한다.

그게 새론에는 범죄 피해자들인 것이다.

"뭐든지 처음이라는 게 있는 법이지요."

"뭐든 처음이 있기야 하지만 말입니다, 사실 크레파스는 그다지 저희 도움이 필요한 곳이 아니지 않습니까?"

크레파스. 진짜 문구 크레파스가 아니다.

전국적인 성 소수자 모임이다.

한국에서는 상당한 규모를 가지고 있으며, 진보 측 정당과 손잡고 있는 곳이기도 하다.

"그게 무슨 말씀이신가요?"

"크레파스는 전국적으로 지원받고 있는 걸로 알고 있습니다. 국가 지원금도 받고 있고요."

정당에서 밀어주는데 그곳에서 지원금을 받지 못하면 그게 이상한 거다.

더군다나 전국적 규모의 성 소수자 모임이라는 특성상, 아무래도 국가에서 인권에 관한 부분으로 지원금을 상당히 지급하고 있다.

"그래서요?"

"그래서라니요? 크레파스가 돈이 부족하지는 않을 것 같습니다만. 하지만 저희가 선정하는 피해자들은 그렇지 않습니다."

김성식은 최대한 조심스럽게 말했다.

"가령 얼마 전에 뺑소니 사건으로 아버지가 죽은 소녀는 할머니와 혼자 살고 있습니다. 올해 고등학교에 진학할 때도 교복을 맞추지 못해서 아는 분이 준 오래되고 낡은 교복을 물려받았고, 가방도 중학교 때 쓰던 걸 그대로 쓰고 있습니다."

새론은 그 아이와 할머니를 위해, 그 뺑소니 살인자의 영혼까지 쥐어짜서 돈을 받아 내 그나마 안정된 삶을 살아갈 수 있게 만들었다.

물론 그 뺑소니범은 돈을 주지 않으려고 온갖 지랄을 했지만.

"그런, 당장 생활이 불투명한 대상을 지원하는 것이 저희 새론의 목표입니다."

"그러면 우리 같은 성 소수자들은 어디다 도움을 청하란 말인가요?"

"물론 저희도 그 문제에 대해서는 심각하게 생각합니다. 하지만 이런 말씀을 드리긴 죄송합니다만, 성 소수자 문제에 대해 저희가 지원해 드릴 수 있는 건 법률적 자문뿐입니다."

성 소수자들이 문제는 아니다.

백인백색의 현대이고 그게 그들의 잘못은 아니다.

성 소수자로 태어나고 싶어서 태어난 게 아니니까.

하지면 새론이 그들에게 해 줄 수 있는 건 한계가 있다.

그들을 모욕하거나 수치심을 주거나 성 소수자라는 이유로 부당 해고를 하는 경우라면, 당연히 새론이 도움을 줄 수 있다.

하지만 성 소수자라고 해서 저 위의 소녀처럼 당장 돈이 없어서 굶어 죽거나 범죄의 피해로 인해 극심한 우울증을 겪고 있어서 자살 위험이 치솟으리라는 법은 없다.

"현실적으로 성 소수자는 성적으로 소수일 뿐, 사회의 일원으로서 정당하게 생활할 수 있는 건장한 사람들이니까요."

그들이 성 소수자라서 사회생활을 못 하는 게 아니다.

할 수 있다.

"물론 성 소수자라는 이유로 부당 해고를 당하는 경우 등에는 저희가 도와드릴 수 있습니다만."

그들의 요구처럼 그들에게 자금을 지원할 수는 없다.

"소송비용을 저희가 지불하는 정도는 해 드릴 수 있습니다."

김성식은 차분하게 말했다.

실제로 지원이 금전으로 되는 경우는 드물다.

그것도 아주 한시적으로 다급한 상황에만 지원되지, 정기적으로 이루어지는 것은 아니다.

새론은 법률 회사이지 사회단체가 아니다. 모든 걸 다 희생하면서 누군가를 도와줄 이유는 없다.

"그래서 크레파스는 성 소수자 단체라서 지원 못 한다 이건가요?"

"성 소수자 단체라서 지원 못 한다는 게 아닙니다. 도리어 성 소수자이기 때문에 법률적 지원이 가능하다는 걸 말씀드리고자 하는 겁니다."

김성식은 차분하게 설명했다.

하지만 그와 마주 앉아 있던 남자는 분개하며 자리에서 벌떡 일어났다.

"이건 모욕이군요! 다른 사람은 지원해도 성 소수자는 지원 못 하겠다니!"

"아니, 지원 못 하겠다는 게 아니라 크레파스에서 요구하는 금전적 지원은 불가능하다는 말입니다."

김성식의 설명에도 남자는 부들부들 떨 뿐이었다.

"이런 모욕을……!"

"모욕이 아니라……."

"후회할 겁니다!"

'쾅!' 하고 문을 거칠게 열며 바깥으로 나가 버리는 남자.

김성식은 그런 남자의 뒷모습을 바라보면서 머리를 부여잡았다.

"아으…… 진짜 내가 왜 대표를 한다고 했을까?"

김성식의 사무실에서는 긴 탄식만 흘러나왔다.

"저 애들은 뭡니까?"

노형진은 출근하다가 회사 앞에서 무지개색의 깃발을 흔들고 있는 사람들을 보고 김성식에게 물었다.

"끄응…… 벌써 움직이는 건가?"

"벌써? 아시는 건가요?"

"알지……. 하아, 크레파스네."

김성식의 말에 노형진은 눈을 찡그렸다.

이것이 법이다

"아…… 그 미친놈들요?"

"아나?"

'알다 뿐이겠습니까?'

노형진이 기억하기로는, 부패한 걸로는 수위에 들어가는 사회단체니까.

"저 미친놈들이 왜 저기에 와 있어요? 아니…… 아니, 알겠네요. 또 돈을 요구했나요?"

"또? 알고 있는 건가?"

"뭐, 좀 알지요."

크레파스는 성 소수자 인권 단체다.

물론 그건 나쁜 게 아니다.

문제는 그걸 무기 삼아서 휘두른다는 것이다.

사회단체는 스스로 돈을 벌 수 있는 집단이 아니다. 외부에서 들어오는 자금으로 운영되어야 한다.

그래서 사회단체의 장들의 가장 큰 업무는 애석하게도 구걸이다, 자신들을 도와 달라는.

그렇기에 제대로 된 사회단체의 장들은 자존심이고 뭐고 다 버려야 한다.

한국은 사회단체에 대한 기부가 상당히 부족한 사회구조를 가지고 있기 때문에, 한 푼이라도 더 받아서 사회적 발전에 쓰기 위해서는 구걸 아닌 구걸을 하러 다녀야 하니까.

"하지만 저 새끼들은 강도죠."

찾아와서 '이런 도움을 바랍니다.'라고 하는 게 아니다.

다짜고짜 와서 얼마가 필요하니 지원해 달라고 한다.

"잘 아는군."

"잘 알죠."

그리고 상대방이 거절하면 그때부터는 성 소수자 혐오 단체로 몰아간다.

"그리고 그게 제법 잘 먹힌단 말이지요."

노형진은 씁쓸하게 웃으며 말했다.

"시대가 시대니까."

역시 씁쓸하게 웃는 김성식.

현대는 과거에 비해 훨씬 개방적으로 변했다.

과거에는 성 소수자들을 정신병자 취급하며 접근도 못 하게 하든가 가족들이 정신병원에 넣기도 했다.

심지어 드라마 작가가 부모의 백일기도 덕분에 동성애가 고쳐진다는 허무맹랑한 내용을 공중파 드라마에 넣을 정도였다.

하지만 현대에 와서 현실적으로 가족 간의 분란의 문제는 있을지언정, 성 소수자라는 이유로 정신병자 취급을 하거나 사회적으로 그를 무시하는 사람은 거의 없다.

"사실 어떻게 보면 무관심이기는 한데."

그러니까 현대 사람들의 포지션은 대부분 딱 이거다.

'취향이니까 존중은 해 줄게. 난 상관없음.'

성 소수자들끼리 뭉쳐서 뭔가를 한다거나 사랑을 나눈다거나 하는 건 그들 문제이고, 대부분의 사람들에게는 관심이 없는 일이었다.

도리어 그걸 차별하는 사람이 나오면 눈을 찌푸리면서 한마디 하는 게 지금의 현실이다.

상대방을 존중해야 한다며 말이다.

"문제는 저런 놈들이 그걸 노린다는 거야."

성 소수자라는 존재 자체는 사실 특별한 게 아니다.

일반인과 좀 다른 사람일 뿐, 그들에게 특혜를 주거나 차별할 이유는 없다.

"그런데 저들이 요구하는 건 특혜니까요."

웃긴 일이지만 그들은 절대 사회가 발전했다는 걸 인정하지 않는다.

그러는 순간 자기들의 가치가 사라지니까.

물론 아직까지 차별하는 사람이 있기는 하지만…….

"정작 그들하고는 싸우지 않죠."

그 대신에 자기들이 정한 적, 그러니까 자기들에게 돈을 주지 않는 자들에게 혐오라는 프레임을 뒤집어씌워서 돈을 뜯어낸다.

'그러고 보니 이때쯤이었나?'

노형진은 역사를 생각하다가 혀를 끌끌 찼다.

이때쯤부터 혐오를 이용한 돈 벌기가 시작되었다.

혐오에 대항해서 지원받거나 돈을 주지 않는 대상에게 혐오 프레임을 뒤집어씌워서 돈을 뜯어내는 방식.

이 방식 때문에 미래는 아주 복잡했다.

한국 사람들은 문화적으로 상당히 발달한 상황이다 보니 재수 없게 혐오 프레임이 뒤집어씌워지면 곤란하니까.

특히나 기업의 경우는 까딱 잘못해서 혐오 프레임이 뒤집어씌워지면 불매운동의 타깃이 되기 때문에, 도리어 혐오 프레임을 가지고 와서 돈을 요구하면 돈을 뜯길 수밖에 없을 정도로 사회적으로 약자 취급받는 사태가 벌어지기까지 했다.

"그래도 이건 너무한데요."

노형진은 몸을 돌려서 창문 바깥을 바라보았다.

거기에 휘날리는 무지갯빛 깃발.

성 소수자를 표현하는 깃발이다.

하지만 그 의미가 아무리 좋으면 뭐 하나, 취지를 오염시키는데.

"난 저치들이 진짜 싫다니까요."

"뭐? 노 변호사, 그런 말 하지 말게."

"네? 왜요?"

"누가 듣기라고 하면 어쩌려고?"

김성식은 움찔하면서 말했다.

아무래도 공직에 있던 그의 입장에서 저런 사람들이 난리를 피우면 여러모로 곤란했던 경험이 있기 때문일 것이다.

하지만 그런 김성식을 보면서 노형진은 피식 웃었다.

"하늘 같은 대검 중수부장님이셨던 김 변호사님도 저치들은 두려우신가 보네요?"

"아무래도 공무원에게 가장 무서운 게 민원 아닌가?"

혐오라고 밀어붙이면 결국 공무원인 그는 사과할 수밖에 없기 때문이다.

"그런데 어쩌죠?"

노형진은 어깨를 으쓱했다.

"싫은 건 싫은 건데."

"어허!"

"아, 물론 제가 싫다고 한 건 성 소수자가 아닙니다. 정확하게는 저런 짓거리를 하면서 권력을 만들고 돈을 뜯어내는 강도 새끼들이지요."

"그래도 그들은 하나야."

"압니다. 그래서 저는 그들이 싫은 겁니다. 저건 자정해야 합니다. 그런데 '자칭 성 소수자들'은 절대 안 하잖아요."

저 지랄을 하면서 얻은 일부 과실을 얻어먹는다.

그리고 저런 행동 때문에 혐오가 퍼지면 도리어 성 소수자 혐오라고 몰아붙인다.

"성 소수자? 좋아요. 하지만 정작 혐오를 만들어 내는 작자들은 가만두고, 그들에게 피해를 입는 사람들에게 뭐라고 하는 건 아니죠."

"그건 그런데⋯⋯."

"그리고 여기는 대한민국입니다. 제가 누굴 좋아할 자유가 있듯이 누군가를 좆같이 생각할 수 있는 권리도 있지요. 다만 그게 범죄로까지만 가지 않으면 되는 겁니다."

성 소수자는 사회의 일원이지 혐오의 대상이 아니다.

"그런데 정작 그들이 일반인을 혐오하잖아요?"

"끄응⋯⋯."

"남과 다르다는 걸 인정하는 것과, 남과 다르다는 이유로 특혜를 요구하는 건 전혀 다른 문제죠."

성 소수자?

그들의 성적 취향에 대해 일반인이 뭐라고 할 이유는 없다.

그들의 선택이니까.

사실 성 소수자의 문제는 거의 유전적 레벨에서 각인된 선택 사항이라, 남이 뭐라고 한다고 해서 고쳐질 수가 없다.

"하지만 그들은 남과 다르다는 걸 무슨 권력처럼 휘두르지요."

"하지만 그들은 일부 아닌가?"

노형진은 김성식의 말에 고개를 끄덕거렸다.

"일부요? 맞습니다. 일부죠."

하지만 다음 말에 김성식은 진짜 할 말을 잃어버렸다.

"나치도 독일인 중에서 일부였습니다."

이것이 법이다

나치에 충성하고 나치를 지탱하던 독일인이 몇십만이나 될까? 고작 몇천이었다.

하지만 독일은 그들을 축출하지 못했고, 그 결과 수백만이 죽었다.

"자정 노력이라는 말이 그냥 생긴 게 아닙니다. 자정 노력을 하지 않는 조직은 부패할 수밖에 없습니다. 그리고 역사상, 스스로에 의한 자정 노력은 단 한 번도 성공한 적이 없습니다."

많은 조직들이 문제가 생기면 자정한다고 한다.

하지만 그들이 말하는 자정이란 기득권은 그대로 두고 아래의 책임자 몇 자르겠다는 의미지, 스스로 새롭게 깨끗하게 하는 것이 아니다.

"당연한 거 아닌가? 세상에 어떤 놈이 자정한다고 권력을 놓겠나?"

애초에 그런 인간이었다면 그렇게 자정을 요구할 정도로 단체가 부패하게 두지도 않는다.

"그리고 그건 저들도 마찬가지입니다."

무지개색 깃발을 흔들면서 성 소수자 혐오 집단이라고 외쳐 대는 사람들.

"과연 저들 중에 진짜 수뇌부가 얼마나 있을까요?"

지금 여기서 깃발을 흔들며 시위하는 사람들은 그 크레파스라는 조직의 하위 조직원이다.

아마도 상부 조직원들은 사무실에 앉아서 느긋하게 텔레비전이나 보고 있을 것이다.

정작 진짜 회원이자 피해자인 그들은 아무것도 모른 채 그저 상부에서 내려온 명령에 따라 새론을 성 소수자 혐오 집단으로 매도하기 위해 왔을 테고.

하지만 그 과실을 저들이 얻게 될까?

"아마도 우리가 여기서 고개를 숙인다고 해도 그 돈은 수뇌부가 모조리 전용할 겁니다."

사회단체에서 기부받은 돈을 어디다 썼는지 공개할 의무는 없으니까.

오죽하면 노형진이 모조리 공개하는 사회단체를 만들어 그곳으로 돈이 다 쏠리겠는가?

'그러고 보니 그래서 저 지랄인가?'

노형진이 자금 사용처를 공개하는 단체를 만든 후에 확실히 사회적 자금이 그쪽으로 확 쏠린 것이 사실이니, 저런 단체에서 자금이 부족하게 된 걸지도 모른다.

'뭐, 상관없지.'

그들이 뭐라고 하든 그는 자신의 길만 가면 된다.

물론 그들이 그걸 가지고 자신에게 싸움을 건다면?

노형진은 기꺼이 싸워 줄 용의가 있었다.

"그러면 어쩌려고?"

"어쩌긴요."

노형진은 어깨를 으쓱했다.

"어떤 연예인이 해 준 말이 있지요. 누군가 너희를 이유도 없이 좆같이 취급하면 그 좆같은 이유를 만들어 줘라."

맞는 말이다.

자신이 그 사람에 대해 배려하고 양보하고 베푼다고 해서 그 사람이 그 나쁜 감정을 잊어버릴까?

아니다. 그가 당사자를 괴롭히는 데에는 이유가 없으니 잘해 줄수록 더욱 호구 취급할 것이다.

"학교 폭력과 마찬가지지요."

학교 폭력의 피해자는 뭘 잘못해서 그런 일을 겪는 게 아니다.

그냥 학교 폭력 가해자의 마음에 들지 않은 것뿐이다.

"그리고 그때 가장 멍청한 해결 방법이, 우리 애랑 친하게 지내라는 말이지요."

그 말은 도리어 피해자의 부모인 어른조차도 호구로 보게 만든다.

"가장 좋은 방법은 건드리면 뒈진다는 걸 알려 주는 겁니다."

노형진은 그렇게 말하면서 고래고래 소리를 지르는 시위대를 물끄러미 바라보았다.

그리고 서슬 퍼런 미소를 지었다.

"우리가 그렇게 마음에 안 든다면, 그 이유를 만들어 주면 됩니다, 후후후."

상진수는 고래고래 소리를 지르고 있었다.

"성 소수자를 혐오하는 새론은 반성하라! 반성하라!"

"성 소수자 차별하는 새론은 각성하라! 각성하라!"

그들의 시위 모습을 본 사람들은 눈을 찌푸렸고, 기자들은 신나서 그 장면을 찍었다.

사실 새론을 까고 싶어도 마땅한 게 없고 법률 회사를 섣불리 깠다가는 영혼까지 털리기 때문에, 기자들은 이번 기회에 그들 성 소수자를 방패 삼아서 새론을 깔 생각이었다.

"성 소수자를 혐오하는 새론은 각성하라! 각성하라!"

그들의 목소리는 높아졌고, 사람들의 관심은 점점 강해지고 있었다.

'자기들이 어쩔 건데, 후후후.'

상진수는 아무런 반응도 하지 않는 새론을 보면서 속으로 미소 지었다.

이런 일을 한두 번 해 온 게 아니다.

조금만 지나면 새론에서는 반성한다고 고개를 숙이고 사과할 게 뻔했다.

그때 그에 대한 적절한 대가를 요구하면······.

이것이 법이다

"어? 저거 뭐야?"

그 순간 그들은 새론의 옥상에 움직이는 사람들을 발견하고는 움찔했다.

"설마 자살하려는 거 아냐?"

"특종이닷!"

기자들은 시선을 그쪽으로 돌렸다.

다른 곳도 아닌 새론에서 자살자가 나오면 그걸 가지고 신나게 깔 수 있을 테니까.

하지만 그들의 바람은 이루어지지 않았다.

애초에 새론의 옥상은 잠겨 있고, 가고 싶다고 해도 새론의 보안이 그리하도록 놔두지 않는다.

그들은 옥상에서 움직이는 듯하더니 커다란 천을 벽에 펼쳤다.

크레파스는 일반인 혐오를 중단하라
크레파스는 성적 다양성을 인정하라
크레파스는 취향을 존중하라

"뭐야?"

"저게 뭔 소리야?"

그걸 보면서 크레파스의 멤버들은 입을 쩍 벌렸다.

"아니, 저게 뭐야?"

"뭔 소리야?"

지금까지 누구도 이런 글을 건 적은 없었다.

그랬기 때문에 상진수는 어쩔 줄 몰라 했다.

"어…… 이거 어쩌죠?"

"어쩌긴…… 계속 시위해야지."

그는 그렇게 말하면서도 떨떠름한 표정이 되었다.

지금까지 단 한 번도 이런 식으로 역공을 당해 본 적이 없기 때문이다.

"일단 시위부터 해. 문제는 위에서 해결하겠지."

"새론은 성 소수자 혐오를 중단하라!"

그들은 고래고래 소리를 지르기 시작했다.

그런데 사람들은 그들을 보다가 새론에 걸린 플래카드를 보면서, 썩어 가는 표정으로 다시 그들을 바라볼 뿐이었다.

⚖️

"분위기가 완전히 바뀌었네. 고작 플래카드 세 개뿐인데 말이지."

"사람들이 성 소수자에게 그다지 관심을 가지지 않는다고 해서 그들을 혐오하는 건 아니지만 반대로 그들에게 동조하는 것도 아닙니다. 사실 대부분 강 건너 불구경이지요."

"그건 그렇지."

고개를 끄덕거리는 김성식.

그건 사실이다.

사람들이 혐오자들을 싫어하기는 하지만 그렇다고 해서 또 꼭 그들이 성 소수자 편인 것도 아니다.

"그런데 이 플래카드 세 개가 무슨 의미가 있는 건가?"

"혐오와 혐오의 충돌이지요."

"혐오와 혐오의 충돌?"

"네, 우리가 일반인들에게 표를 구걸할 이유는 없습니다. 애초에 이러한 행동에 대해 일반인들이 지지한다고 해도 딱히 바뀌는 게 있는 것도 아니고요."

"그건 그렇지."

고개를 끄덕거리는 김성식.

하지만 그래도 여전히 이해가 가지 않았다.

"그런데 그 혐오와 혐오의 충돌과 지지가 무슨 관계가 있다는 건가?"

"저들은 우리를 자신들의 혐오 대상으로 몰아붙이고 있습니다. 그런데 우리는 저들을 일반인에 대한 혐오로 몰아붙이고 있거든요. 사실 대부분의 사람들은 어느 쪽이든 극단론에 대해 혐오감을 가집니다."

"그건 그래."

특정 종교의 극단론자들이나, 자연보호를 한다고 극단론을 펼치는 인간들이 많다.

대부분의 사람들은 그런 극단론을 펼치는 사람들에 대해 알게 모르게 혐오감을 품게 된다.

　　그럴 수밖에 없다. 극단론이라는 것은 무조건적인 인간의 희생을 요구하기 때문이다.

　　"신적인 극단론이 퍼지면 자살 폭탄 테러가 벌어지는 거고, 자연주의적 극단론자들은 인간을 위한 소독도 못 하게 하지요. 옛날에 유럽에서 있었던 그 애완견 사건 기억나십니까?"

　　"애완견 사건?"

　　"아, 모르시는군요. 동물 보호 극단론자들이 저지른 일이지요."

　　유럽은 동물의 권리가 상당히 인정된다.

　　그래서 동물에 대한 상속이 인정되는 나라들도 있다.

　　"하지만 그렇다고 해도 동물은 짐승이고, 소유권의 문제가 있을 수밖에 없거든요."

　　한국도 마찬가지이지만, 유럽에도 길거리를 떠도는 거지들이 없는 건 아니다.

　　그런데 그 거지들 중의 몇몇은 짐승을 키우기도 한다.

　　당장 사람이 먹을 것도 없는 것이 사실이기는 하지만 애완동물이 주는 정서적 만족감은 조금 덜 먹는 것과는 비교도 못 할 만큼 크니까.

　　사실 개들이 먹는 사료가 인간이 먹는 것보다는 훨씬 싸서 노숙자들이 술을 조금만 안 먹어도 충분히 살 수 있기에, 애

완견을 키우는 노숙자들은 술을 줄이기도 하는 등 좋은 현상
이 벌어지기도 한다.

"그런데 동물 보호 단체가 그런 거지가 키우던 애완견을
강제로 빼앗았지요."

그들은 동물의 권리를 보호한다면서 강제로 거지에게서
애완동물을 빼앗았고, 울면서 따라오는 거지에게 주먹질과
발길질을 했다.

"동물권 극단론자들에게 인간의 권리는 의미가 없는 거지
요. 심지어 그 노숙자는 장애인이었는데도 말이지요. 그 후
에 25만 원인가에 판다고 인터넷에 글까지 올렸습니다."

"그런 일이 있었나?"

"네. 결국 그 사건으로 인해 그 극단론자들은 가루가 되도
록 까였지요. 애초에 그 광경을 찍어서 올린 것도 그들이거
든요. 극단적 행동을 통해서 사람들에게서 후원금을 받는 게
그들의 목적이었지요."

"그런데 그렇게 되지 않았군."

"그들은 인간을 이해하는 게 아니니까요. 그들은 극단적
행동을 통해서 받을 돈만 생각했지, 인간들의 감성과 애완견
과 주인의 감정은 전혀 몰랐던 거죠. 그들은 스스로 동물 보
호 단체라고 주장했지만 정작 동물의 감정에 대해서는 전혀
관심도 없었던 거죠."

누군가에게는 고작 개 한 마리이지만 그들에게는 서로가

가족이었고, 그들이 한 행동은 아버지의 눈앞에서 아이를 폭행, 납치한 것이나 마찬가지니까.

"저들은 성 소수자의 권리를 주장합니다. 하지만 아실 겁니다, 성 소수자 축제."

"아…… 거기…… 이해하네."

자연스럽게 서로 어울리는 축제가 아니라, 일부 성 소수자들이 성기를 드러내다시피 하는 옷을 입어 눈살을 찌푸리게 하면서 다른 사람들에게 혐오감까지 품게 하는 축제.

"일부 정치인들과 진보 운동권에서는 그걸 옹호해 주는 모양인데, 정작 그걸 보지 않을 권리가 있다는 걸 인정하지 않지요. 그리고 애초에 그들이 하는 행동은 위법행위입니다."

현행법상 공연음란죄에 해당한다.

그런데 그들은 성 소수자라는 것을 무기로 처벌을 면한다.

"그렇다 보니 웃기게도 그 축제를 반대하는 단체에 대한 지원도 적지 않지요."

누가 봐도 혐오스러우니까.

"그들이 주장하는 건 자신들에 대한 혐오죠. 그걸 우리는 일반인에 대한 혐오로 맞받아치는 겁니다."

"무슨 뜻인지 알겠군. 저들의 극단성을 우리가 혐오로 몰아간다 이거군."

"그러면 대부분의 사람들은 심적으로는 이쪽을 편들게 됩니다."

그럴 수밖에 없다. 저들은 말 그대로 '소수자'니까.

하지만 그것과 별개로, 저들은 소수자에 대한 배려를 권리로 주장한다.

"하지만 그래도 저들이 계속 혐오라고 주장하면 어쩌려고?"

"어쩌려고가 아니라, 그렇게 주장하겠지요. 그러니까 그 혐오에 대해 우리가 적당한 반박을 하면 됩니다."

"적당한 반박?"

"애초에 저들은 왜 우리가 성 소수자 혐오 집단인지 증명하지 못하지 않았습니까?"

"그건 그렇지."

저들은 새론이 왜 성 소수자 혐오 집단인지 이야기하지 않고 있다.

정확하게는, 못 하는 게 맞다.

애초에 새론은 그런 혐오를 한 적이 없으니까.

"그러니까 그 이유를 만들어 줘야지요. 전에 말씀드렸던 것처럼 말입니다. 후후후."

⚖️

노형진은 얼마 후에 기자와 인터뷰를 했다.

그렇잖아도 이번 문제로 인해 새론에서 성 소수자를 혐오

한다는 사실에 고개를 갸웃하던 기자는 냉큼 인터뷰 요청에
응했다.

"서소진이라고 합니다. 노형진 변호사님 맞으시지요?"

"반갑습니다. 노형진입니다."

간단한 이야기를 주고받은 후에 본격적으로 인터뷰가 진
행되었다.

애초에 새론의 현재 이 성 소수자 집단에 대한 혐오 문제
가 전국적으로 이슈가 되고 있기 때문에 당연하게도 그게 가
장 핵심적인 질문이었다.

"지금 새론에서 성 소수자 인권 단체인 크레파스와 각을
세우고 있는 걸로 알고 있는데요. 왜 그런가요?"

"그건…… 어느 정도 개인 정보가 들어가 있어서 대충만
답변할 수 있습니다."

"대충이라고 하시면?"

"전반적인 상황만 이야기해 드릴 수 있다는 거지요."

"그 정도라도 좋습니다."

"일단 저희 새론에서는 직원의 보호를 최우선으로 합니
다. 아시지요?"

"알지요."

그냥 대체할 수 있는 직원 취급하는 다른 변호사 사무실과
다르게 팀제로 운영되는 새론은 한 사람이 구멍이 나면 그걸
메꾸는 게 쉽지 않다.

그렇다 보니 직원에 대한 복지도 많고 직원들의 애사심도 크다.

그건 널리 알려진 사실이다.

"그런데 그게 이번 사건과 무슨 관계가 있다는 거지요?"

"사실은 저희 직원 중 한 명이 '고백'을 받았습니다."

"고백요?"

"네, 고백요."

"그게 무슨 관계가 있다는 거지요? 아니, 잠깐만······."

서소진은 금방 이야기의 핵심을 깨달았다.

"혹시 그 고백이라는 게 동성에 의한 고백입니까?"

"맞습니다. 직원의 신분과 프라이버시 때문에 자세한 이야기는 못 합니다. 하지만 그 직원이 동성에게 고백받았다는 건 말씀드릴 수 있겠네요."

"그게 왜 새론의 문제가 된 거지요?"

"그 직원은 이성애자여서 당연히 거절했습니다. 그런데 갑자기 이렇게······."

노형진은 그렇게 말하면서 어깨를 으쓱했다.

"그러니까 직원이 동성에게 고백받았고 그 직원을 새론이 보호했는데, 갑자기 새론이 동성애 혐오 집단으로 몰렸다 이건가요?"

"그렇습니다. 기자님도 아시겠지만 저희는 단 한 번도 성소수자에 대한 혐오를 이야기한 적도 없고 법률적 지원을 거절한 적도 없습니다. 도리어 일부 성 소수자를 위해 무상으로 소송을 지원하기도 했습니다. 그런데 갑자기 이런 일이 벌어졌지요."

노형진은 어깨를 으쓱했다.

"그러면 그 직원은 어떤 상황입니까?"

"충격이 큽니다만, 일단 근무는 하고 있습니다."

"어째서요? 보통 충격이 크면 근무하지 않아야 하지 않습니까?"

"그랬다가는 언론이나 사회단체의 표적이 될 수밖에 없으니까요. 저희 회사에 대한 공격이 이 정도인데 개인에 대한 공격이 이렇게 들어오면 그 사람 죽습니다, 기자님."

"아아."

만일 이런 기사가 언론에 나갔는데 누가 갑자기 쉬기 시작하면 그 사람이 특정되어 버린다.

"이건 그분의 잘못도 아닌데 그분이 책임지게 할 수는 없지요. 그래서 계속 근무하도록 하고 있습니다."

"그러면 지금 크레파스에서 주장하는 혐오라는 건?"

노형진은 씩 하고 웃었다.

"기자님, 크레파스에서 저희가 동성애자에 대해서 어떤 식으로 혐오 행동을 했는지 이야기하던가요?"

"아니요."

"답은 나왔네요."

노형진은 그렇게 말하면서 속으로 피식 웃었다.

'말이 나올 리가 없지.'

애초에 이 시위는 크레파스에서 새론에 압력을 주고 돈을 뜯어내기 위해 시작한 것이다.

'장담하는데, 거기서 시위하는 사람 중에서 그걸 아는 사람은 거의 없을걸.'

그건 대놓고 공갈이다.

그걸 인정하는 순간 사회적으로도 욕먹고 형법적으로도 처벌받는다.

'결국 그들은 우리가 혐오 행동을 했다는 물적증거를 내놔야 하지.'

하지만 그런 건 없다.

물론 노형진이 한 말은 거짓말이다.

하지만 애초에 이런 거짓말을 추적할 방법은 없다.

개인 정보 보호법이라는 강력한 법의 보호를 받는 정보인데다가 이건 공익상의 정보라고 볼 수도 없으니까.

더군다나 이상애자에게 강제로 동성애를 요구한다는 것은 결과적으로만 말하면 강간이나 다를 바가 없다.

그러니 기자라고 해도 피해자의 신상을 조사해서 언론에 까발릴 수는 없다.

"그러면 그 고백하신 분은?"

"그 부분 역시 저희는 알려 드릴 수 없습니다. 개인 정보 보호법의 영역이니까요."

"고발은 안 하십니까?"

"고발요? 글쎄요."

노형진은 고개를 갸웃하면서 머리를 긁었다.

"제가 변호사입니다만, 이걸 어디다 고발해야 하지요? 아니, 뭘로 고발해야 하지요?"

"그건……."

"이 건의 고발 대상이 크레파스가 될 수는 있을 겁니다. 하지만 고백하신 분에 대해서는 고발할 수가 없지요."

타인에게 사랑을 고백하는 것이 불법은 아니다.

그게 설사 동성이라고 해도 말이다.

"하지만 그 고백을 받아 주지 않았다는 이유로 크레파스에서 보복이 들어오는 건 심각한 위법행위죠. 명백하게 업무방해에 해당됩니다. 그래서 조만간 이 문제로 크레파스를 고발할 겁니다. 하지만 그 고백하신 분에 대해서는 고발할 계획이 없습니다."

노형진의 말에 기자는 눈을 크게 뜨고 기사를 적기 시작했다.

⚖

얼마 후 인터넷에 올라온 기사는 무섭게 퍼져 나갔다.

그리고 생각보다 그 문제가 심각하다는 사실이 조금씩 알려지기 시작했다.

－아, 이런 거였어? 동성애 극혐.
－씨발. 내 친구가 나한테 고백한 거 생각나네.
－그래서 어케 함?
－당연히 손절. 그러고 보니 내가 거절하니까 동성애 혐오라고 지랄하더라.
－딱 지금 같은 상황이네.

그리고 최고의 추천을 받은 댓글은 모두의 감정과 같았다.

－그 새끼들은 자기들 성적 취향은 맞춰 달라면서 우리 취향은 왜 혐오라고 주장하냐? 취향입니다. 존중해 주시죠, 몰라?

노형진은 그걸 보면서 입맛을 다셨다.
"뭐, 좋은 기분은 아니네요."
"그럴 수밖에 없지. 이번 사건으로 인해 성 소수자 인권이 일부 퇴보하는 건 어쩔 수 없으니까."
김성식은 안타깝게 말했다.
노형진의 계획에 따라 한 일이기는 하지만 당분간 성 소수자들에게 향하는 눈빛이 차가워지는 것은 어쩔 수 없는 일이다.

"그런다고 해도 별 차이는 없겠지만요."

단체가 잘못하는 경우 단체에 대해서는 욕하지만 개인에 대해서는 욕하지 않는 것이 한국 사람들이다.

물론 성 소수자를 보는 눈빛이 차가워지겠지만, 그렇다고 해서 그들에게 린치나 보복이 가해질 가능성은 낮다.

"물론 크레파스는 곤란하겠지만요."

"그런 것 같더군. 크레파스 쪽에서는 그게 아니라고 주장하고 있지만 말이야."

하지만 그렇게 말하면서도, 정작 새론이 어떤 면에서 성 소수자에 대한 혐오를 드러냈는지는 말하지 못하고 있는 것이 사실이다.

그렇다 보니 그들은 새론 앞에서 시위할 이유를 잃어버렸다.

"그래도 시위는 계속하고 있네만."

김성식은 고개를 돌려서 창문 너머를 바라보며 말했다.

"시위라고 하기보다는 버티기에 가깝지요."

애초에 이 시위에 왔던 대부분의 성 소수자들은 용기를 내서 온 일부다.

그런데 노형진의 인터뷰가 나가자 그들 대부분이 실망해서 더 이상 오지 않았고, 당연하게도 시위하는 자들, 아니 버티는 자들은 크레파스 본사에서 온 열 명도 안 되는 소수의 인원들뿐이었다.

이것이 법이다

"더군다나 그 크레파스의 대표가 실수를 크게 했고요."

이런 문제에 대해 당연히 공식적인 인터뷰가 있어야 하지만 크레파스의 대표는 그 인터뷰를 거절했다.

부담스러웠으니까.

"그래, 이 상황에서 멍청한 짓을 한 거지."

당연하게도 그를 만나기 위해 기자가 따라다녔고, 크레파스의 대표는 그런 기자를 쫓아내기 위해 '당신, 지금 성 소수자 혐오하는 거야!'라고 소리를 질렀다.

"자기방어를 위해서였다지만 큰 실수죠."

기자가 혐오한 적은 없다.

그저 사실 확인만을 부탁했는데 그런 소리를 했고, 당연히 그러한 소식은 외부로 나갔다.

"그리고 사람들이 그걸 봤고요."

그 때문에 사람들은, 성 소수자들은 조금만 자기들 마음에 안 들면 혐오 주의자로 몬다고 생각하기 시작했다.

"웃기지만 말입니다."

노형진은 그들을 보면서 혀를 끌끌 찼다.

"정작 그들이 스스로를 혐오하는 건 아닐까 하는 생각이 듭니다."

"뭐?"

"그렇지 않습니까? 이 모든 행동의 바탕에는 일종의 자격지심이 있습니다. 물론 윗대가리는 돈에 대한 욕심을 가지고 행동한 것이지만요."

"으음⋯⋯."

"커밍아웃한 연예인이 한 말이 있지 않습니까? 자기가 커밍아웃했더니 정작 자기를 씹는 건 기자가 아니라 같은 동성애자들이었다고. 결국 자격지심을 가지고 있다는 소리지요."

"애초에 자격지심을 가진다는 것 자체가 자신이 남들보다 수준이 낮다고 생각해서 그러는 건데?"

"그러니까 제가 스스로에 대한 혐오가 아닐까 하고 생각하는 겁니다."

해외에는 동성애 인정하고도 잘 사는 사람들 많다.

심지어 유명인들 중에도 성 소수자들이 적지 않다.

"그들은 자기 성적 취향에 대해 딱히 창피하게 생각하지 않더군요."

"자기혐오라⋯⋯."

"애석하게도요. 그게 자격지심이지요."

"안타까운 일이군. 그나저나 자네가 볼 때 크레파스에서 포기할 거라 생각하나?"

"그러지는 않을 겁니다."

노형진은 고개를 흔들었다.

"크레파스는 이번에 심각한 타격을 입었습니다. 성 소수자 보호 단체가 아니라 일반인 혐오 단체의 이미지를 가지게 되었으니까요."

그건 심각한 문제다.

성 소수자들이 지원해 주는 게 사실이라지만 대부분의 지원은 일반인 중 그러한 성 소수자들의 문제에 대해 관심을 가진 사람에게서 나오니까.

"하지만 일반인 혐오 단체라고 하면 이야기가 달라지지요."

소수를 보호하는 것과 다수를 혐오하는 것은 전혀 다른 문제다.

미친놈이 아니라면 혐오 단체에 지원해 주지는 않는다.

"일반인 혐오라는 프레임에 갇혔으니 그들 입장에서는 상당히 곤혹스러울 겁니다."

물론 그게 오래가지는 않을 것이다.

일반인에 대한 혐오라는 증거도 없으니까.

"하지만 그 잠깐 사이에 수익이 확 줄어들겠지요."

그리고 줄어든 수익을 늘리려면 수십 배의 노력이 더 필요하다.

그게 그리 쉬운 일도 아닐 테고 말이다.

"아마 그들은 현 상황을 벗어나기 위해 나름 힘을 쓰려고 하겠지요."

"그 힘이라는 게 뭔데?"

"뻔하지 않습니까?"

노형진은 어깨를 으쓱했다.

"정치지요. 진짜 싸움은 거기부터 시작입니다."

네 취향만 취향이냐?

　노형진의 예상대로 얼마 지나지 않아서 정치권에서 연락이 왔다. 그것도 송정한을 통해서.

"왜 그들을 건드렸나?"

송정한은 머리가 지끈거린다는 표정으로 물었다.

"엄밀하게 말하면 저희가 먼저 건드린 게 아닙니다. 상대방이 먼저 건드린 거지요."

"끄응, 그렇기는 하지. 달라는 대로 다 줄 수는 없으니까."

"애초에 어느 순간부터 배려가 권리라고 생각하는 놈들입니다. 그들과 이야기할 필요는 없지요."

노형진은 어깨를 으쓱하며 말했다.

"그들은 소수자라는 존재가 뭔지도 이해하지 못합니다."

성 소수자라는 것 자체가 사회적으로 약자라는 걸 의미한다.

"그리고 현대의 인권은 차별을 금지하고 있지요."

소수자라서 권력을 가지는 게 아니라 소수자라고 하더라도 평등하다는 것, 그게 현대 인권의 핵심이다.

"하지만 그들은 소수자라는 걸 무기로 씁니다. 아시지 않습니까?"

"하긴, 그건 그렇지. 나도 그쪽 인간을 만나 봤지만 적 아니면 아군이더군."

자신의 편을 들어 주고 지원해 주면 정상이라고 생각하고, 만일 자신들에게 그다지 관심이 없거나 도움을 주는 걸 거절하면 혐오한다.

"그러니까요. 그런데 이해가 안 가는 게 있습니다. 다른 성 소수자 단체들은 이렇게까지는 안 하거든요. 그 대표라는 놈은 도대체 뭡니까?"

노형진은 조심스럽게 물었다.

사실 성 소수자 단체는 그 정도로 돈이 필요한 집단이 아니다.

지금에 와서는 성 소수자 시위가 그다지 많은 것도, 그렇다고 해서 계획적으로 차별을 하는 사람이 많은 것도 아니다.

물론 개인적으로 꺼려서 거리를 두는 사람이 없는 건 아니지만 그런 것까지 소송할 정도의 문제는 아니다.

애초에 성 소수자와 상관없이 맞는 사람은 맞고 안 맞는 사람은 안 맞으니까.

국민의 대부분을 차지하는 이성애자들은 성 소수자들이 자기한테 고백만 하지 않으면 관심도 없다.

"곽태우 말인가?"

"네, 성 소수자 단체가 이렇게 막무가내로 할 정도면 상당히 연줄이 강한 것 같은데요."

"음…… 호부 아래 견자라고 해야 하나?"

"호부 아래 견자요?"

"그래. 그 아버지가 대단한 정치인이었지."

"정치인이었습니까?"

"5선을 한 정치인일세."

과거의 한국은 딱딱하고 고지식했으며 경직되어 있었다.

그런 곳에서 민주주의의 참뜻을 이해하고 민주주의를 위해 활동하다 투옥까지 되었던 것이 곽태우의 아버지였다.

"그리고 아들이 커밍아웃을 했을 때도 내치거나 모욕하는 대신에 지지해 줬던 분이지. 그것도 30년도 전에 말이야."

"대단한 분이네요."

그 당시만 해도 성 소수자는 정신병자로 취급받았고 자식이 성 소수자라는 걸 안 부모가 자살하는 사건도 종종 있었다.

말 그대로 가문의 수치 그 자체였다.

"그 시대에 그걸 인정하는 건 어려웠을 텐데요?"

"그래. 하지만 그 덕분에 여러 정치인들과 연을 가지기는 했는데, 반대로 아버지의 그림자에서도 벗어나지를 못했지."

"무슨 뜻인지 알겠네요."

아버지가 워낙 잘났다.

그리고 그 인맥으로 정치인들에게 선이 닿았지만, 반대로 그들이 기억하는 아버지에 비하면 아들은 초라하기 이를 데가 없었다.

"아무래도 한국에서 성 소수자는, 아무리 사회가 바뀌었다고 하더라도 정치인이 되기는 힘들죠."

그렇다 보니 정치인이었던 아버지의 그늘에 가려질 수밖에 없다.

사실 그건 문제가 안 된다.

세상에 부모가 정치인이라고 자식도 정치인이 되는 건 일부 독재국가에서나 가능한 일이니까.

"그래, 문제는 그게 자격지심하고 충돌했다는 거지."

자신이 성 소수자라는 자격지심, 거기에다 아버지에 가려진 자신의 능력.

성 소수자들을 모아서 이끌 수는 있었지만, 그게 결코 그의 자격지심을 지우지는 못했다.

"언제부터인가 극단적으로, 또 훨씬 공격적으로 나가기 시작했다고 하더군."

"그래서 지금에 이른 거군요."

차라리 이성애자가 단체를 이끌었다면 그렇게까지 공격적으로 변하지는 않았을 것이다.

하지만 자격지심을 품은 채 오로지 조직의 확충과 자기 세력화만을 원하던 곽태우는 이제 피해망상에 찌든 기득권층이 되어 버렸다.

"그나마 과거의 선이 있으니 선은 연결해 왔지만……."

그리고 그 선을 이용해서 쉽게 다른 조직을 흡수하면서 세를 확충했지만, 새론이라는 적을 만난 것이다.

"흠, 우리와 타협할 가능성은 있나요?"

"아니, 없다고 봐도 무방할걸. 일단 자네가 건드렸다고 생각하고 있으니까."

"끄응."

자격지심이 있는 사람의 경우는 용서라는 게 없다.

일단 자존심에 상처를 받으면 어떻게 해서든 보복하려고 한다.

"지금 상황도 그렇고."

"설마 새론을 문 닫게 하라는 말도 안 되는 요구라도 하던가요?"

"설마. 그건 무리지. 하지만 다른 걸 요구했다고 하더군."

"도대체 얼마나 거창한 걸 요구한답니까?"

"뭐, 거창하다기보다는, 새론을 손봐 달라 이거지. 그리고 일부 의원들은 따를 기세고."

이유는 안 봐도 뻔하다.

정부에서 받은 지원금과 상당수의 모금액을 분명 정치인들과 나눠 먹었을 테니까.

정치인들은 바보가 아니다.

자신들에게 도움이 되지 않으면 가차 없이 잘라 내는 것이 그들이다.

현실적으로 곽태우의 아버지가 능력이 있는 정치인이었다고는 하나 죽은 지 오래다.

당연히 그와 같은 시대의 사람들 역시 죽었거나, 설사 죽지 않았다고 해도 정치를 할 수 있는 상황이 아니다.

그러니 새롭게 이어진 정치인들이 있을 테고, 그들이 과거의 정치인들에게 소개받았다는 이유만으로 곽태우의 편의를 봐줄 리가 없다.

"하지만 새론을 섣불리 건드리지는 못할 텐데요."

"그래, 그래서 문제야. 자네가 과거에 했던 그 투자 방식 덕분에 많은 정치인들이 새론과 한 몸으로 묶여 있지 않나."

"아, 그랬지요."

새론에서 노형진은 스스로를 지키기 위해 변호사들에게 1인당 세 명씩 추천을 받아서 마이스터의 이름으로 투자할 수 있게 해 줬다.

실패가 없는 마이스터라는 명성에 주로 정치인들이 많이

달라붙었고, 그 결과 최소한 정치권 쪽에서는 새론을 건드리려고 하는 놈들이 없었다.

정확히는, 지금까지는 없었다.

"하지만 거기에서 소외된 사람들이 불만을 가지고 이번 기회를 노리려고 하는 모양이야."

"크레파스를 이용해서 우리에게 압박을 가해서 투자하시겠다?"

"그래. 적당한 이유 아닌가? 상대방에게 혐오 프레임이 뒤집어씌워져 있으면 말이지."

물론 노형진이 걸개를 걸어 두기는 했지만, 사실 그건 주변에 영향력을 발휘할 뿐 전국적인 영향력을 발휘하는 것은 아니다.

"하지만 정치인 몇몇이 혐오 프레임으로 우리를 밀어붙이기 시작하면 전국적으로 가루가 되도록 씹히겠지요."

노형진은 그렇게 말하면서 턱을 문질렀다.

'이거 참, 싸우기도 그렇고 안 싸우기도 그렇고.'

손님이 떨어질까 봐?

아니다. 그런 걱정은 전혀 하지 않는다.

새론의 힘은 그 정도로 약해지지 않는다.

애초에 새론은 법률 회사다.

새론을 찾아오는 사람은 소비자가 아니라 절박하게 도움을 구하는 사람들이다.

약간의 구설수가 있다 해도, 새론은 가격이 싸고 능력이 있는 변호사 사무실이니 그 구설수가 자신들과 관련이 없는 이상 그다지 신경도 쓰지 않는다.

'대표적인 예가 태양이지.'

손채림의 아버지가 하는 법무 법인 태양은 사실 온갖 구설수가 있다.

국가의 재판을 싹 쓸어 간다는 욕부터, 승리를 위해서는 증거 조작도 불사한다는 욕까지.

하지만 그럼에도 불구하고 그들은 한국에서 가장 잘나가는 법률 회사 중 하나다.

이유는 단 하나. 의뢰인에게 승리를 안겨 주니까.

'하지만 그냥 넘어가자니 호구 잡히는 거고.'

처벌이 동반되지 않는 해결은 결국 똑같은 문제를 만들 뿐이다.

이번에야 성 소수자 인권 단체가 찾아온 거지만, 다음번에는 어느 단체가 달려들지 모를 일이다.

"결국 싸우기는 해야겠네요."

"어쩌려고?"

"어쩌긴요."

노형진은 어깨를 으쓱했다.

"고소해야지요."

노형진은 크레파스를 고소하기로 했다.

사실 정치인들의 압력이라고 해 봐야 지금까지는 전화 몇 통 정도에, 그 내용도 좋게 해결하라는 정도였다.

"하지만 가만히 있으면 호구 잡힐 테니까 싸워야지요."

노형진의 말에 김성식은 어쩔 수 없다는 듯 고개를 끄덕거렸다.

"하긴, 그건 맞는 말이지."

"생각보다 잘 아시네요."

"미친놈들은 검찰이라고 태도를 달리하지 않거든."

검사가 피의자들에게 언성을 높이고 화를 내는 이유는, 그들에게 만만하게 보이면 결국 놀아나게 되기 때문이다.

"거기에다 이제 와서 그들과 화해할 수는 없지 않나?"

"그건 그렇지요."

노형진은 고개를 끄덕거렸다.

"그들에게 확실하게 못을 박아 놔야지요."

"하지만 단순 업무방해로 처벌할 수 있을까? 그래 봐야 벌금 조금 내고 끝일 것 같은데."

노형진은 고개를 끄덕거렸다.

그럴 가능성이 높다.

"애초에 이건 돈을 주고받는 문제가 아닙니다. 우리가 원하는 건 단 하나입니다."

노형진은 주먹을 꽉 쥐었다.

"인간에게는 싫어할 권리가 있다."

노형진은 명예훼손과 업무방해로 곽태우와 크레파스를 고
소했다.

물론 새론의 전화통에 불이 났지만 마이스터에서 몇 통의
전화를 돌리자 바로 침묵이 찾아왔다.

곽태우와 손을 잡은 자들이 힘이 없는 건 아니지만 새론과
비교하면 새 발의 피니까.

"이, 이게 아닌데……."

곽태우는 정치인들에게 다급히 연락을 취했다. 하지만 그
들은 하나같이 입을 꾸욱 다물 뿐이었다.

"아니, 도와준다고 하지 않았습니까?"

ㅡ당에서 말이 나온 모양이야.

"무슨 말요?"

ㅡ전후 관계도 확인하지 않고 무조건 도와주는 것에 대해
서 말이야.

"새론은 성 소수자들을 모욕했습니다!"

ㅡ이미 사실이 다 드러났네.

"무슨 말씀이십니까?"

―하아, 인터넷에 찾아보게. 난 더 이상 말하지 않겠네.

상대방이 전화를 끊어 버리자 곽태우는 바로 인터넷을 뒤지기 시작했다.

찾는 건 어렵지 않았다.

인터넷에서 크레파스라는 이름만 쳤을 뿐인데 관련 검색어가 떴으니까.

"이게 뭐야?"

인터넷에 뜬 동영상은 한 남자가 새론으로 들어가는 장면이었다.

그리고 그 영상 아래에는 다음과 같은 설명이 붙어 있었다.

현 크레파스의 전결위원장 자우서

"자, 자우서?"

전결위원회.

공식적으로는 그와 함께 민주적으로 운영하는 걸로 알려져 있는 위원회다.

하지만 실제로는 그가 뽑은 거수기들이다.

그리고 자우서는 그곳의 위원장이다.

그런데 그가 왜 인터넷에 떴단 말인가?

"아……."

그 순간 곽태우는 정신이 아득해졌다.

돈을 요구하기 위해 보냈던 사람은 다름 아닌 자우서였다.

그리고 이 장면은 그때 그 장면일 게 뻔했다.

"이, 이런 미친!"

아니나 다를까, 인터넷에 게시된 노형진의 발표문에는 다음과 같은 내용이 적혀 있었다.

저희는 최선을 다해서 좋게 해결하려고 했습니다. 하지만 현재 크레파스는 시위를 멈추지도 않고, 허위 사실 유포도 멈추지 않고 있습니다. 저희는 소송을 진행하는 한편 동시에 그 당시 스토킹을 한 가해자의 얼굴을 공개합니다.

그리고 그게 바로 자우서였다.

그냥 주장하는 것과 최소한의 증거가 있다는 것은 전혀 다른 문제다.

ㅡ뭐? 스토킹을 안 해?

ㅡ아, 극혐.

ㅡ씨발, 전결위원장 권력 좋네. 자기한테 안 대 준다고 천하의 새론을 협박해?

ㅡ저 사람 수비랍니다. 글 내려 주세요.

그가 크레파스에 속해 있다는 것, 그것만으로도 아주 핵심적인 약점이다.

새론의 주장과 정확하게 맞아떨어지니까.

"이, 이런⋯⋯."

곽태우는 정신이 아찔해지는 듯했다.

⚖

"대한민국은 민주공화국입니다! 모든 권력은 국민에게서 나옵니다! 그 국민들이란 성 소수자가 아닙니다! 성 소수자를 포함한 모든 사람들입니다! 그런데 크레파스 측은 성 소수자의 권익만을 요구하면서 피해자에게 어떠한 사과도 하지 않고 허위 사실 유포만을 하고 있습니다!"

노형진은 분기탱천한 목소리로 기자들에게 외쳤다.

"심지어 그 피해자가 새론의 직원이라는 걸 알면서도 말입니다! 현실적으로 자신의 성적 판타지를 충족시켜 주지 않는다는 이유로 한 사람의 인생을 망치려고 한 행동은 명백하게 범죄입니다! 또한 그 과정에서 자신이 속한 단체의 권력을 이용한 것은 명백한 업무상배임입니다! 저희 새론은 이러한 일반인 혐오에 절대 지지 않을 것입니다! 성 소수자가 자신의 성적 취향을 선택할 권한을 가지듯이, 일반 국민들 역시 상대방을 거절할 수 있는 권한이 있습니다! 그런데 크레파스

는 자신의 성적 취향을 거절했다는 이유 하나만으로 피해자
와 저희 회사를 성 소수자 혐오 집단으로 몰았습니다. 만일
오십 먹은 남자가 열아홉 살 먹은 소녀에게 잠자리를 요구하
고 그걸 거절했다는 이유로 노인 학대나 노인 혐오라고 주장
하면 어떻게 될까요? 50대의 남성이라면 사회적으로 힘을
가지고 있는 나이고, 그러면 열아홉 살 먹은 소녀는 어쩔 수
없이 그 노인에게 성적 착취를 당해야 할까요? 아닙니다! 싫
은 건 싫은 겁니다! 그들의 행동과 주장이 어떻든 간에 교제
에 관한 건 지극히 개인적인 부분이며, 또한 성적 자기 결정
권의 영역입니다! 사회적 혐오를 이용해서 동성 강간이 벌어
지는 것은 두고 볼 수 없습니다! 많은 남자분들은 아실 겁니
다! 군 내부에서 얼마나 많은 동성 강간이 벌어지고 동성 성
추행이 벌어지는지! 일반인 혐오 단체가 그걸 옹호하고 도리
어 강간을 도와주는 사태에 대해, 저희는 그냥 넘어갈 수 없
다고 판단했습니다. 국민 여러분, 여러분의 지지를 부탁드립
니다. 저희가 하고자 하는 것은 혐오가 아닙니다. 다만 자신
의 권리를, 싫으면 싫다고 할 수 있는 권리를 찾기 위해 하는
일입니다. 여러분들의 많은 도움 바랍니다. 감사합니다."

　노형진은 발표를 마치고 단상에서 내려왔고, 질문에 대답
하기 위해 고연미 변호사가 앞으로 나섰다.

　이번 사건의 변호사는 노형진이 아니라 고연미니까.

　"대단한 연설이었네. 곽태우 속을 박박 긁는 연설이겠어."

"박박 긁는 정도겠습니까, 후후후."

노형진은 씩 하고 미소 지었다.

"이번 발표로 인해 곽태우는 고립되었을 테니까 아마 미치고 팔짝 뛸 겁니다."

노형진은 미소를 지으며 말했다.

"그 정도로 고립될까?"

"고립됩니다. 평소에는 상당수 성 소수자 단체가 여성 단체들과 손을 잡고 움직이거든요. 그건 크레파스도 마찬가지일 테고요."

노형진은 무대 뒤 대기실로 향하며 미소 지었다.

"그런데 제가 아까 위에서 여성 피해자를 언급했지요. 사실 그런 경우가 무척이나 많거든요."

"알지. 철이 없는 건지 어쩐 건지."

나이 차에 상관없이 서로 사랑해서 만나는 거라면 문제가 안 된다.

하지만 일부 남성들은 자기 딸, 아니 손녀뻘인 여자들에게 압력을 행사하면서 교제를 요구하기도 한다.

"그리고 딱 지금 상황이 그거랑 비슷하니까요. 만일 여기서 여성 단체가 크레파스와 손을 잡으면 제가 말한 문제가 발목을 잡게 됩니다. 크레파스의 행동이 정당하다면 나이 많은 남자가 어린 여자를 탐하는 것도 정당하다는 소리가 되니까요."

기존에 손잡고 있던 여성 단체가 있다 해도 당연히 도와줄 수 없는 상황이다.

"그러면 군대 이야기를 한 건?"

"군 내부에서 벌어지는 성추행이야 뭐 하루 이틀 문제입니까?"

"그리고 대한민국의 대부분의 남자들은 군을 다녀온 사람들이고 말이지."

"맞습니다. 당연히 많은 남자들이 그 부분에 대해 공감을 할 겁니다. 실제로 성 소수자가 군에서 그런 행동을 하는 경우가 적지 않으니까요."

심지어 과거에는 후임에게 강제로 자신의 성기를 빨게 한 사건도 있었다.

물론 그런 건 비밀로 부쳐졌지만 말이다.

"사실상 군대라는 공간이 교도소보다 열악하다 보니 벌어지는 일입니다만."

전체 국민에 비하면 극소수인 일부 범죄자만 가는 교도소에서도 그런 동성 강간이 벌어지는데 남자란 남자는 죄다 끌려가는 군대라는 조직에서는 벌어지지 않을 리가 없다.

"결과적으로 그들은 여성들에게도 남성들에게도 지지를 받지 못하게 될 겁니다. 업무방해나 명예훼손에 관한 벌금이야 얼마 안 되겠지만, 장기적으로 그들의 지지 세력이 이탈하는 것은 심각한 문제지요."

노형진은 주차장으로 나와서 차에 타면서 히죽 웃었다.

김성식은 그 옆에 타면서 고개를 갸웃했다.

"그 당시의 녹음 파일이 있으면 어쩌려고?"

"있겠습니까?"

"아…… 하긴, 그렇겠군."

김성식은 고개를 끄덕거렸다.

변호사 사무실은 어떠한 녹화도 녹음도 금지된다. 보안을
위해서다.

결국 상대방이 녹음기를 가지고 와서 녹음해야 한다는 건
데, 그들은 돈을 요구하기 위해 찾아왔다.

"과연 불법적으로 협박해서 돈을 갈취하러 온 놈들이 녹음
을 했을까요?"

"했을 리가 없지."

결국 그들은 노형진과 새론의 말에 반격할 수 있는 어떠한
수단도 없다는 소리다.

설사 있다고 해도, 그걸 까발리는 순간 세무조사라는 폭탄
을 피할 수 없다.

"곽태우 입장에서는 아마 미치고 환장할 겁니다, 후후후."

곽태우는 해결책을 찾기 위해 이리저리 사방에 전화를 돌

렸다.

하지만 누구도 그를 도와줄 생각을 하지 않았다.

이미 곽태우와 크레파스는 일반인 혐오 집단으로 사람들에게 찍혔기 때문이다.

"이거 어떻게 해야 할까요?"

"어떻게 하냐고 물으셔도……."

"일단 사과하고 사건을 수습해야 하는 거 아닙니까?"

"사과요? 그랬다가 무슨 일이 벌어질 줄 알고요?"

회의 석상은 너무나도 시끄러웠다.

그들 입장에서는 이런 식으로 몰아붙이는 분위기가 너무나 무서웠다.

"지금 후원금이 바닥을 보이고 있습니다. 회원들도 무섭게 빠져나가고 있고요."

누군가의 말에 곽태우는 이를 박박 갈면서 자우서를 노려보았다.

"도대체 일을 어떻게 처리한 거야!"

"그들이 그런 식으로 나올 줄은 몰랐습니다."

자우서는 진땀을 뻘뻘 흘리며 말했다.

"차라리 돈을 요구했다고 치고 나왔으면 우리가 어떻게 부정하는 걸로 막을 수가 있을 텐데."

하지만 그게 아니라 개인적 보복을 성 소수자 집단에서 집단적으로 하는 모습으로 바꿔 버리는 바람에 그들이 뭐라고 하든 사람들이 믿지 않았다.

"관련 증거 없어요?"

"없습니다. 거절당하는 바람에 바로 나와서⋯⋯."

"젠장! 그 망할 새론 놈들을 어떻게든 날려 버렸어야 하는데!"

이를 빠드득 가는 곽태우.

하지만 이제 와서 해결책은 보이지 않았다.

"그들이 주장하는 걸 뒤집을 방법이 없을까요?"

"주장을 뒤집어요?"

"네. 그놈들은 이쪽 사람이 거절당한 후에 우리 단체에서 보복하려고 하는 거라고 주장하고 있지 않습니까?"

"흠⋯⋯."

곽태우는 잠깐 고민하다가 눈을 찌푸리면서 물었다.

"피해자는 나왔나?"

"안 나왔습니다."

"그러면 방법은 하나뿐이군. 피해자를 요구해."

"네? 하지만 그쪽은 피해자의 프라이버시를 이유로 거절하고 있습니다."

곽태우가 '쾅!' 하고 테이블을 내려쳤다.

"그러니까 요구하라고! 애초에 없는 피해자를 어떻게 만든다는 거야? 그놈들도 증인을 못 내놓겠지. 당연한 거 아니야?"

"그건 그렇습니다만."

"그렇게 해서 그들의 믿음을 깎아야 할 거 아니야!"

양쪽 다 믿음이 없다면 사람들은 누구도 믿지 않게 된다.

그것만으로도 사건을 무마할 수 있다.

그는 그렇게 생각했다.

"피해자가 누구인지, 정식으로 내놓으라고 해!"

"알겠습니다."

곽태우는 이를 빠드득 갈았다.

하지만 그의 생각을 예상하지 못할 노형진이 아니었다.

"결국 자기 무덤을 파네요. 생각이 없는 걸까요?"

"뭐, 기분이 좀 찝찝하기는 하지만……."

김성식은 묘한 표정으로 말했다.

그럴 수밖에 없다.

자우서가 만나고 간 사람은 바로 김성식 자신이다.

그리고 저쪽은 피해자를 내놓으라고 했다.

"그러니 피해자를 내놔야지요."

"그리고 그게 나고?"

"당연한 거 아닙니까? 그가 움직이는 모든 동선은 촬영되어 있습니다. 잠깐이나마 같이 있었던 사람은 김성식 변호사님 한 명뿐입니다."

이것이법이다

"그건 그렇지. 하지만 영 찝찝한 기분이야."

"거짓말하는 게요?"

"아니. 그게 뭐 대수라고."

사람들은 검찰이나 변호사가 정의롭고 올바르기를 바라지만, 애석하게도 악이라는 존재와 싸우기 위해서는 스스로도 어느 정도 악이 되어야 한다.

정의롭고 올바르기만 한 사람들은 대부분 오래 버티지 못한다.

그럴 수밖에 없다.

법은 늦게 변하고, 범죄는 초 단위로 발전한다.

그 속도를 따라가려면 검사도 어느 정도 편법에 익숙해져야 하며 그중에는 거짓말도 포함되어 있다.

"엄밀하게 말하면 법원에서 거짓말만 안 하면 되는 거지요."

노형진은 히죽 웃으며 말했다.

"그리고 우리는 법원에 업무방해와 허위 사실 유포로 고소했고요."

김성식이 개인적으로 연관된 사건은 하나도 없다.

"그러니 약간의 양념을 치는 것만으로도 저들은 움직이지 못하게 됩니다."

노형진은 그렇게 말하면서 눈을 반짝거렸다.

"그들이 아직 세상 무서운 걸 모르니 누군가는 알려 줘야 하지 않겠습니까, 후후후. 그리고 우리는 거짓말을 하지는 않을 겁니다."

노형진은 확실하게 말했다.

⚖

노형진은 또 다른 동영상을 풀었다.

그리고 그 동영상은 다른 사람도 아닌 검사들의 분노를 일으켰다.

"자우서 이 새끼, 미친 거 아닙니까?"

오광훈은 눈을 부라리면서 분노를 표출했다.

물론 노형진의 부탁을 받아서였다.

"아니, 이 영상대로라면 김성식 변호사님 사무실에서 나왔다는 건데, 그러면 지금 이 새끼가 김 선배님한테 엉덩이를 대라고 요구했다는 거 아닙니까!"

"허, 검찰이 얼마나 만만하면!"

"이 똥꼬충 새끼들! 인권이다 뭐다 해서 그냥 뒀더니 이제는 눈깔이 뒤집혀서 뵈는 게 없나 보군."

한국에서 가장 보수적인 집단을 뽑으라고 하면 당연히 나오는 것이 바로 검찰이다.

아무리 인권이 신장되고 성 소수자의 권리가 존중된다고 해도, 그것과 별개로 검찰이 과거에 갇혀 있는 것은 변함없는 사실이다.

이것이 법이다

그리고 그중에는 전관예우라는 것이 있다.

아무리 김성식이 지금은 새론의 대표이고 또 검찰을 그만뒀
다고 해도, 그는 다른 곳도 아닌 대검찰청 중앙수사본부의 부
장이었던 사람이고 검사들에게 있어서는 하늘 같은 선배였다.

그런 검사들에게 있어서 선배가 당한 모욕은 자기들이 당
한 모욕이었다.

"도대체 얼마나 검찰이 만만하면 전 중수부장에게 남자 새
끼가 성관계를 요구하고 그걸 거절하니까 보복하는 겁니까!"

검찰들이 개인적으로 모여 있는 공간.

그곳에서 오광훈이 자존심을 자극하자 검사들은 부글부글
끓는 표정이었다.

"검찰 자존심 참 알량합니다. 이제는 개나 소나 엉덩이 대
달라고 하겠네."

"그만하지, 오 검사. 우리도 열 받아."

"그러면 열 받은 걸로 그냥 끝내시려고요?"

"그럴 리가 있나."

이를 빠드득 가는 검사들.

"이 새끼들, 제대로 털어 주겠어."

노형진의 함정에 빠진 곽태우는 머리를 부여잡았다.

자신이 잘못했다는 건 안다. 하지만 이 정도로 쓸려 나갈 줄은 몰랐다.

검사들은 사소한 것 하나에도 영장을 청구했고, 판사들 역시 그들의 부탁을 거절하지 못했다.

결국 검사나 판사나 사법연수원 출신의 선후배 사이이고, 검사에게 엉덩이를 요구한 것은 판사에게도 모욕이니까.

한국은 사법 시스템을 모욕한 자에게는 피도 눈물도 없었다.

"젠장, 당장이라도 도망쳐야 해."

부하 직원이 잡혀간 것? 문제가 안 된다.

인권 단체인 크레파스가 망하는 것? 그것도 문제가 안 된다.

진짜 문제가 되는 것은, 회계 서류를 검찰이 싹 쓸어 갔다는 것이다.

그리고 그 결과 횡령 사실이 밝혀지면 그의 인생은 끝이다.

"대표님! 다른 곳에서 도움을 거절했습니다!"

"큰일 났습니다! 이대로는……!"

곽태우는 다급하게 다른 단체들에도 도움을 요청했지만, 일반인에 대한 혐오를 드러낸 크레파스를 도와주려 하는 곳은 없었다.

사실 아주 없는 건 아니었다.

"왜 그 미친놈들이 끼어드냐고!"

단체도 아닌 국가 공인 미친놈들만 게거품을 물면서 그들을 편들어 줬다.

문제는 그 사람들의 평가가 그다지 좋지 못하다는 것이었
고, 그 때문에 도리어 크레파스의 분위기만 더더욱 나빠지고
있었다.

　"일단 조만간 기자회견을 한다고 해. 그렇게 시간을 끌어.
우리는 일반인 혐오 단체가 아니다, 그런 식으로 말이야."

　"하지만 그러기에는 분위기가 너무 안 좋습니다."

　말하던 직원은 순간 흠칫했다.

　책상 너머에 놓여 있는 커다란 캐리어를 보았기 때문이다.

　"대표님?"

　"어…… 이건 그냥……. 내가 해외 출장을 가야 해서 말이
지. 일단 내가 해외 출장을 다녀오는 동안만 시간을 끌어. 무
슨 말인지 알지? 적당히 시간만 끌면, 이거 덮는 건 일도 아
니야."

　곽태우는 다급하게 캐리어를 끌고 바깥으로 나왔다. 그리
고 엘리베이터로 향했다.

　일하던 사람들이 차가운 눈으로 바라보고 있었지만 그건
신경 쓰지 않았다.

　신경 쓸 수가 없었다.

　다급한 건 자신이지 그들이 아니까.

　"여, 어디 가십니까?"

　그 순간 들려오는 목소리. 곽태우는 몸을 움찔했다.

　"당신은?"

"오광훈 검사라고 합니다."

오광훈은 히죽거리면서 다가오고 있었다.

"아…… 제가 다급하게 출장이 잡혀서요. 나중에 이야기하지요."

"그건 곤란한데요."

"네? 아니, 제가 지금 좀 급해서요, 하하하."

곽태우는 눈을 데굴데굴 굴리면서 뒤로 물러났다.

하지만 그만큼, 아니 그것보다 더 가까이 오광훈이 다가왔다.

"저도 편의를 봐드리고 싶지요."

오광훈은 고개를 끄덕거리며 말했다.

"당신에게 영장만 나오지 않았다면요."

"영장요? 무슨 영장요? 전 영장 나올 만한 일을 한 적이 없는데요!"

서류를 가지고 간 지 하루도 되지 않았으니 벌써 그걸 전부 확인했을 수 있을 리가 없다.

그가 정치인들에게 뇌물을 주기는 했지만 그건 몇 번이나 조심해서 조작했으니 하루 만에 쉽게 걸릴 만한 일은 아니었다.

"아, 별거 아니고요."

오광훈은 씩 웃으며 뒷주머니에서 수갑을 꺼내어 자신의 검지에 걸고 흔들면서 씨익 하고 웃었다.

"공갈에 대한 고발입니다."

"고, 공갈?"

"네, 여러 기업들에서 적지 않은 돈을 뜯어내셨더군요."

곽태우는 털썩 주저앉았다.

새론과 싸우느라고 잊고 있었던 다른 기업들.

자신이 힘이 빠지고 갈가리 찢겨 나가는 걸 보면서 과연 그들은 무슨 생각을 했을까?

"그 돈이 어디로 갔는지, 우리 오래오래 이야기 좀 해 봐야겠지요?"

오광훈은 수갑을 짤랑거리면서 곽태우에게 다가갔다.

"곽태우 씨, 당신을 공갈 혐의로 체포합니다."

그 모습을 바라보던 직원들은 입을 쩍 벌리고 말았다.

⚖️

"결국 약해진 포식자는 반대로 사냥당하기 마련이지요."

노형진은 최종적으로 싸움을 자신들이 끝낼 생각이 없었다. 그래서도 안 된다.

"우리가 일단 거짓말을 했으니 말이지."

"네. 하지만 공갈과 갈취는 우리와는 상관없는 일이지요."

크레파스가 약해지자 그동안 그들에게 강제로 돈을 뜯기던 기업들이 하나같이 들고일어났다.

"그나저나 매년 30억이라니, 참 어마어마하게도 뜯어먹었
네요."

"아무래도 사회적으로 지탄받으면 타격이 크니까."

"그건 그렇지만……."

노형진은 혀를 끌끌 찼다.

무려 30억. 그것도 올해 기준이다.

그 전에 망하거나 해서 사라진 기업들까지 합하면 도대체
얼마나 많은 돈을 꿀꺽한 건지 알 수가 없다.

"그런데 크레파스의 예산은 연 12억이란 말이지요."

뜯어낸 돈만 30억이고, 기부금이나 국가에서 지원한 지원
금까지 생각하면 실로 어마어마한 돈이 사라졌다.

"이제 이 상황에서 우리는 스윽 뒤로 물러나는 거고요."

자우서가 성관계를 요구한 것?

그건 중요한 게 아니다. 그 돈이 어디로 갔는지가 중요하
다.

"우리가 한 거짓말도 사라지겠지."

김성식은 피식 웃으며 말했다.

결국 곽태우와 크레파스는 파멸할 수밖에 없었다.

자기들이 한 짓이 자신들을 뜯어먹을 테니까.

"하지만 이건 의외군. 진짜로 새로운 성 소수자 단체에 기
부할 건가? 무려 20억을?"

"저한테 그 가치는 얼마 안 됩니다."

"알기야 알지. 하지만 엄밀하게 말하면 제삼자 아닌가?"

노형진은 고개를 끄덕거렸다.

"그래서 더 기부하려는 겁니다. 아니, 투자라고 하는 게 맞겠지요."

"투자?"

"네. 성 소수자들이 이번 일로 엄청나게 위축되었을 겁니다."

"그건 사실이네. 그들의 잘못이 아니기는 하지만 말이지."

"그 말은, 그들이 법률적인 불이익을 받을 가능성도 높아졌다는 거지요."

"아하!"

그런데 정작 그들에게 도움을 줄 단체는 사라졌다.

성 소수자 단체가 없는 것은 아니나 대부분 그 규모가 작고 힘이 없다.

애석하게도 성 소수자는 사회적으로 진짜 소수다.

"그들이 정상적으로 사회에 나서고 소송하기 위해서는 제대로 된 단체가 필요합니다. 그리고 그런 단체가 있다면 추가적으로 돈을 벌 수가 있지요. 결국 구심점이라는 게 필요하니까요."

다른 건 모르지만 곽태우와 크레파스는 분명 그 구심점 역할을 했다.

그 과정에서 부패해서 문제지.

"그런 단체를 새롭게 만들 수 있다면 우리가 적지 않은 이득을 볼 겁니다. 단순한 수임료의 문제가 아닙니다."

김성식은 고개를 끄덕거렸다.

"하긴, 나쁜 생각은 아니군."

"그럼요, 나쁜 생각은 아니지요."

노형진은 자신 있게 말했다.

파리가 꼬이는 건 만국 공통

"미스터 노, 축하드립니다. 공식적으로 세계적 재벌이 되셨네요."

"감사합니다."

노형진은 로버트의 축하에 미소 지었다.

매년 경제지에서는 재력을 평가해서 순위를 매긴다.

그리고 올해, 노형진은 전 세계 18위에 랭크되면서 세계를 이끌어 가는 30대 재벌 중 한 명이 되었다.

"진짜 대단하십니다. 거의 실패가 없으시네요."

"뭐, 운이 좋았네요."

노형진은 그렇게 대답했지만 사실 운으로 평가할 수 있는 건 아니다.

'망하는 게 이상한 거지.'

전생의 기억으로 굵직굵직한 경제 사건은 대부분 알고 있는 데다가, 아스가르드에서 부자들의 기억을 읽고 투자처를 확정하고, 중국에서 몰래 만든 백도어를 통해 전 세계 정보를 읽어 내고 있는데 망하면 그게 이상한 거다.

'슬슬 미국 정부도 이상하다는 걸 알겠지만.'

이때쯤 되면 미 정부에서 중국에서 수입한 전자 제품들의 백도어를 의심하기 시작하고 몇 년 후 그걸 터트린다.

'그래도 한 3년은 우려먹겠네.'

애초에 정보를 캐내는 곳도 중국에 있으니 미 정부 입장에서는 모두 중국 정부의 소행으로 보일 수밖에 없다.

"전 세계에서 초대장이 날아들고 있습니다만……."

"당연히 거절합니다."

노형진은 단호하게 말했다.

"하지만 이걸 드러낸다고 해도 문제가 될 건 없을 것 같은데요."

로버트는 고개를 갸웃했다.

무려 세계 18위의 재벌이다.

실질적으로 중동의 왕족들과 미국의 부호들을 제외하면 비교할 사람이 없고, 특히나 아시아에서는 부동의 1위 자리를 차지하고 있다.

"미스터 노에게 해코지를 하려고 하는 사람도 없을 텐데요."

"압니다. 하지만 맛있는 음식에는 파리가 꼬이기 마련이지요."

"네? 아아, 무슨 소리인지 알겠습니다."

신분이 드러나면 가장 먼저 꼬이는 파리는 다름 아닌 정치인들이다.

그들은 어떻게 해서든 정치자금을 뜯어내기 위해 친선이라는 이름으로 접근한다.

"저는 그 정치꾼들에게 끌려다닐 생각이 없어서요."

"하긴, 정치인들과 엮이면 피곤하지요."

주면 주는 대로 불만, 안 주면 안 주는 대로 불만인 자들이다.

정치자금을 주면 반대파에서 왜 나는 안 주냐고 하고, 똑같이 주면 내가 더 권력이 강한데 왜 더 많이 안 주냐고 한다.

그리고 아예 안 준다고 하면 권력을 이용해서 물어뜯으려고 하는 게 정치인들의 습성.

"차라리 그들이 애초에 요구도 하지 못하게 하는 게 최선입니다."

"그러게 말입니다."

씁쓸한 미소를 짓는 로버트.

그런 그의 미소를 보면서 노형진은 문득 이상하다는 생각이 들었다.

"왜 그렇게 격하게 공감하십니까?"

"그렇잖아도 이 문제에 대해 드릴 이야기가 있어서요."

"문제가 생겼습니까?"

로버트는 한차례 심호흡을 하고는 앞에 있는 물을 쭈욱 들이켰다.

"워싱턴에서 초대장이 날아왔습니다."

"초대장요? 도대체 무슨 초대장인데요?"

"게리 하워드 의원의 초대장입니다."

"게리 하워드…… 끄응…….."

노형진은 로버트가 말한 이름만 듣고도 상황을 바로 알아차렸다.

노형진은 한국의 정치인들이 꼬이는 게 싫어서 자신의 신분을 감췄다. 그런데 부자들에게 돈을 요구하는 것은 전 세계적으로 똑같은 현상이다.

극히 일부 나라를 제외하고는 정치란 돈이 들어가는 일이기 때문이다.

"게리 하워드라면……."

"얼마 후에 미국 대선이 있는 거 아시지요?"

"알지요."

"그리고 현재 민주당 쪽에서는 게리 하워드와 린지 라이스가 대립 중입니다."

'그거 뻘짓인데.'

노형진은 그 말을 듣고는 피식 웃었다.

현재 공화당이 미국에서 불리하고, 속된 말로 지금 민주당에서 개가 나가도 다음 대 대통령이 될 거라는 이야기가 나올 지경이다.

그래서 게리 하워드와 린지 라이스는 피 터지는 싸움을 하고 있다.

대통령이 되기 위해 말이다.

물론 선거 자체는 아직 시간이 꽤 남았지만 현실적으로 각 정당에서 대표 후보를 뽑아야 하니 그 싸움은 지금부터다.

'민주당 쪽에서 김칫국을 아주 거하게 처드시고 계시는구면.'

노형진은 혀를 끌끌 차며 생각했다.

이 싸움에서 승리하는 건 린지 라이스지만 그녀는 결국 대통령이 되지 못한다.

"그쪽에서는…… 좋게 말하면 초대하는 거고, 나쁘게 말하면 정치자금을 요구하고 있습니다."

"확실히 그건 문제군요."

세계 18위쯤 되는 재력이라면, 어지간한 나라의 압력은 가뿐하게 씹어 버릴 수 있다.

하지만 미국은 논외다. 미국의 영향력은 어마어마하기 때문에, 세계 1위라고 할지라도 섣불리 움직일 수 없다.

"제가 저만 생각했네요."

이가 없으면 잇몸이라고 했다.

미다스라 불리는 존재. 그가 없으면 그와 접선할 수 있는 곳에서 돈을 뜯어내면 된다.

그건 다름 아닌 마이스터.

이제는 세계적인 투자회사가 된 마이스터지만 미국 정부와 전면전을 할 수는 없다.

"그렇잖아도 우리는 미 정부와 사이가 좀…… 그렇지 않습니까?"

"그건 그렇지요."

마이스터에서 싸우면서 미국의 정보 부서들과 사이가 좀 틀어진 것은 사실이다. 그나마 그때는 세력 싸움이었고 그 정보 부서의 일부 세력에 한정되었지만.

"현재 집권당인 민주당에서 오더가 떨어지면 그쪽에서 우리를 족칠 겁니다."

"좋게는 안 끝나겠네요."

노형진은 머리를 긁적거렸다.

그건 심각한 문제다.

어찌 되었건 미국은 국제통화 국가이고 가장 돈이 많은 나라다.

"물론 투자회사라는 특성상 쉽게 손대지는 못하겠지만요."

투자회사는 일반 생산 회사보다 좀 더 유리한 부분이 있다.

그건 다름 아닌 주주라는 거다.

생산 회사는 하나만 날리면 끝이지만 투자회사가 날아가면 관련된 회사들도 흔들리니까.

"문제는, 흔들리기는 하지만 망하지는 않는다는 거지요."

"맞습니다."

즉, 정부 입장에서는 하나 날려 볼 만하다는 거다.

"민주당은……."

"압니다. 정치인들에 대해 모르지는 않습니다."

겉으로는 세계 평화며 평등을 외치지만 속내는 자신들과 미국의 이익이 우선이다.

"기부하지 않으면 아마 상당한 불이익이 올 겁니다."

로버트는 심각한 표정으로 말했다.

그럴 수밖에 없다. 로버트 입장에서는 날벼락도 이런 날벼락이 없으니까.

"초대라는 것도 결국 후원회라는 거고요?"

"네, 맞습니다."

"흠……."

노형진은 턱을 문질렀다.

상대방이 미국의 현 권력자들이라면 문제는 커진다.

'가장 좋은 방법은 차기 미 대통령에게 줄을 놔 두는 건데.'

그건 나쁜 생각은 아니다.

차기 대통령인 도널드 올드먼은 주변에 적이 너무 많다. 워낙 막무가내이기 때문이다.

'하지만 2년 후에나 대통령이 되는데 그동안 눈뜨고 당할 수는 없고. 더군다나 나비효과도 무시 못 하고.'

2년이면 노형진은 몰라도 마이스터에 큰 타격을 입힐 수 있는 시간이다.

더군다나 나비효과로 인해 한국 대통령도 바뀌었으니 미국도 그러지 말라는 법은 없다.

"이건 생각지도 못했는데요?"

한국을 기반으로 활동하다 보니 미 정부와 정치인들에 대해 신경 쓰지 못한 것이 패착이었다.

"어떻게 할까요? 적당히 쥐여 줄까요?"

"그건 곤란합니다. 물론 적당히 쥐여 주고 끝난다면 모르지만, 현실적으로 그럴 리가 없으니까요."

게리 하워드는 욕심이 많은 사람이다.

마음에 안 들면 충분히 보복하고도 남는다.

"거기에다 말씀하신 것처럼, 현재 분위기는 개가 나와도 차기 대통령 취급이라는 거지요."

그 말은 그에게 기부하는 부자들이 많을 거라는 뜻이니, 그의 눈 밖에 나지 않으려면 적지 않은 돈을 기부해야 한다.

"안 봐도 뻔합니다. 조금 주면 안 주느니만 못하게 될 테니까요."

"게리 하워드에 대해 잘 아시나 보군요."

"뭐, 미국의 주요 정치인 아닙니까?"

노형진은 어깨를 으쓱하며 말했다.

'따로 그에 대해 조사한 건 아니지만 말이지.'

하지만 기억을 읽다 보면 정치적인 정보도 나온다.

그에 따르면 게리 하워드는 무척이나 탐욕스러운 인간이었다. 로비를 많이 하는 총기협회나 의료협회 그리고 보험협회 쪽 기억을 읽을 때 제법 많이 나왔으니까.

"더군다나 게리 하워드는 극단적 친일파가 아니던가요?"

"맞습니다. 그 인간, 일본에서 받아먹은 게 엄청나다고 하더군요."

그는 아시아 태평양 방어 라인에서 한국을 제외하고 주한 미군을 빼야 한다고 주장하는 사람이다.

사실 그게 미국의 국익에 관련해서 그러는 거라면 이해가 간다. 하지만 그가 그렇게 극단적 주장을 하는 이유는 일본의 로비 때문이다.

'아마도 그가 대통령이 되면 한국은 극단적으로 불이익을 받게 되겠지.'

노형진은 긴 한숨을 내쉬었다.

"게리 하워드를 놔둘 수는 없겠군요."

"네?"

로버트의 얼굴이 시퍼렇게 변했다. 그 말을 순간적으로 암살하겠다는 뜻으로 들었기 때문이다.

"아! 아닙니다. 제가 설마 미치지 않고서야 미국의 차기 대통령 후보 중 한 명을 암살이라도 하겠습니까?"

"아…… 그렇지요, 하하하."

그의 얼굴색을 본 노형진이 다급하게 변명하자 안도의 한숨을 내쉬는 로버트.

"하지만 어지간한 건수로는 그를 날려 버릴 수 없을 텐데요. 그는 정치인입니다."

정치인들에게 정적이라는 게 없을 수가 없고, 그 정적이 약점을 잡아서 물어뜯지 않을 리가 없다.

"더군다나 지금 그는 린지 라이스와 경쟁 중입니다. 린지 라이스가 그의 약점을 안다면 그 싸움 자체가 되지 않았겠지요."

지금 미 정보부 내에서도 린지 라이스를 밀어주는 사람들이 많다. 그 말은, 린지 라이스도 아직까지 게리 하워드의 추문을 얻지 못했다는 뜻이다.

"그건 그렇지요. 사실 게리 하워드는 다른 건 몰라도 사생활은 깨끗하거든요."

물론 돈을 받는 건 확실하다.

하지만 그는 돈은 받을지언정 다른 부분은 깨끗하다고 알려져 있다.

돈을 받는 거야 공식적으로 후원금으로 들어오는 거고, 미국은 로비가 합법인 나라인 만큼 문제 될 게 없다.

"물론 젊은 시절에 마약을 한 기록은 있습니다만 미국에서는 그게 문제가 되지는 않습니다."

"압니다."

게리 하워드는 미국의 명문가 출신이고, 젊은 시절 마약을 한 정도로는 미국에서 치명적인 문제가 되지는 않는다.

"확실히 곤란한 대상이기는 합니다."

태어나서부터 정치인으로 자라 온 덕분에 주변에서 깔끔하게 그의 과거를 관리했다.

스스로도 정치인이 되기 위해 뻘짓 한번 하지 않았고, 그 마약이라는 것도 자신이 원해서 그런 게 아니라서 학교를 다닐 때 파티장에서 멋모르고 피운 마리화나 한 번뿐이었다.

'공식적으로는 말이지.'

물론 자의적으로 피웠다고 한다고 한들 벌써 수십 년 전 문제를 가지고 그에게 타격을 줄 수는 없다.

"결과적으로 말하면 게리 하워드를 공격할 만한 방법은 없습니다."

"없지는 않지요."

노형진은 씩 웃었다.

'도널드 올드먼은 뒤끝이 끝내주는 인간이거든.'

도널드 올드먼은 자신을 물고 씹어 댄 게리 하워드와 사이가 안 좋다.

정확히는, 안 좋은 정도가 아니라 견원지간이다.

도널드 올드먼이 어느 정도로 뒤끝이 심한 인간이냐면, 그가 대통령이 되겠다고 나선 이유가 현재 대통령이 공식적 모임에서 도널드 올드먼을 놀렸기 때문이다.

거기서는 웃었지만 제대로 빡친 도널드 올드먼은, 당장 공화당에 가입하여 돈으로 후보가 되고 대통령까지 되었다.

입 한번 잘못 놀린 대가로 대통령 자리를 빼앗긴 민주당은 황당하기 이를 데 없었으리라.

'그리고 게리 하워드는 그런 도널드 올드먼을 진짜 작살나게 씹어 댔지.'

사실 게리 하워드와 도널드 올드먼은 완전히 상극이다.

게리 하워드는 미국의 명문가이며 전통적인 정치인 가문 출신이다.

그에 반해 도널드 올드먼은 이민자의 자식이고 돈은 많을 지언정 미국 주류 정치인은커녕 그 빡친 사건 이전에는 정치에 발도 담근 적이 없는 사람이다.

"아시는 게 있는 겁니까?"

"네, 뭐…… 아는 게 있긴 하지요."

로버트의 질문에 노형진은 미소를 지었다.

"게리 하워드한테 아주 큰 약점이 있거든요."

그리고 그걸 찾을 시간이었다.

⚖

"네? 게리 하워드의 아들이 양성애자라고요?"

엠버는 눈을 크게 떴다. 그건 들어 보지 못한 이야기니까.

"그 말이 사실인가요?"

"네, 사실입니다."

"마이스터의 정보력이 대단하기는 하네요. 하지만 그걸 가지고 우리가 어떻게 공격할 방법은 없는데요."

게리 하워드의 아들은 양성애자다.

양성애자는 동성애자에 비해 찾아내는 게 쉽지 않다.

그럴 수밖에 없는 게, 동성애와 다르게 이성과도 관계가 가능하기 때문이다.

그래서 자세히 살펴보지 않으면 그저 평범한 이성애자로 보인다.

"설사 그게 사실이라고 해도, 그게 게리 하워드의 잘못은 아니지 않습니까?"

미국은 개개인의 선택에 대해 뭐라고 하는 문화가 아니다.

하물며 게리 하워드 본인도 아니고 아들이 양성애자인데 그게 그에게 문제가 될 리가 없다.

"압니다. 하지만 이 부분을 감안해 보세요. 그의 아들은 전쟁터에서 훈장까지 받은 영웅입니다. 그래서 게리 하워드가 상당한 지지를 받고 있는 거지요."

"그건 사실이지요."

"그래서 문제가 되는 겁니다. 정보가 맞는다면 게리 하워드의 아들인 프랭크 하워드가 전쟁터에서 동성 강간을 저질렀거든요."

"자, 잠깐만요! 그게 무슨 말입니까? 동성 강간요?"

"네."

뒤끝 쩌는 도널드 올드먼은 게리 하워드를 파멸시키기 위해 온갖 뒷조사를 했다.

하지만 너무나 깨끗해서 포기하려고 하는 찰나에 새로운 정보가 새어 나왔고, 그 때문에 게리 하워드는 파멸하고 말았다.

"그는 이라크전의 영웅이고 그곳에서 포로 이송 및 관리를 담당했습니다. 그리고 그 포로 중 한 명이 수차례 그에게 강간당했습니다."

"으음…… 그건 확실히 문제가 될 만하군요. 영웅이라 불린 자가 강간범이라니."

엠버는 미국인으로서 안타까운 표정을 지었다.

"그 정도면 확실히 고생 좀 하겠네요."

"아니요. 고생의 문제가 아닙니다."

"네? 어째서요?"

"그 강간당한 사람은 열여섯 살이었습니다. 이슬람 전사도 아니었고요."

노형진의 말을 들은 엠버와 로버트 둘 다 표정이 상당히 불편해져 버렸다. 그 말은 프랭크 하워드가 미성년자 강간을 했다는 의미니까.

그리고 미국에서 미성년자 성범죄는 절대로 용서가 없다.

"확실히 문제가 되겠는데요. 그런데 그 사람은 어디에 있습니까?"

"그게 문제인데요."

노형진은 긴 한숨을 내쉬었다.

현실적으로 아들이 전쟁범죄를 일으켰다고 해도 게리 하워드가 그로 인해 파멸하리라고 보기에는 좀 무리가 있다.

아들의 죄이지 아비의 죄는 아니니까.

"진짜 문제는 그 아이, 아니 지금은 성인이 되었겠군요. 그 사람이 현재 관타나모에 있다는 겁니다."

"네? 관타나모요?"

"네, 관타나모요."

두 사람 다 표정이 이루 말할 수 없이 딱딱하게 변했다.

"그 말이 사실입니까?"

"사실입니다."

관타나모.

공식적으로는 쿠바에 위치한 미국의 해군기지로 불리고 있지만, 거기에는 이명이 있다.

바로 관타나모 수용소다.

그 안에는 재판도 없이 수많은 미국의 적들이, 아니 미국의 적이라 판단된 자들이 불법적으로 수감되어 있고 심각한 인권침해가 벌어지고 있다.

미 정부는 그걸 알면서도 방치하고 있고 말이다.

"이슬람 전사도 아닌데 거기에 넣었다고요?"

"네."

관타나모 수용소에 들어가 있는 상당수는 이슬람 테러리

스트다.

물론 그건 미국의 주장이다.

애초에 재판도 없이 그 안에 죄수를 밀어 넣는다는 것은 심각한 문제다.

그가 이슬람 전사인지 테러리스트인지 스파이인지 아니면 정치적 정적인지 알 수가 없기 때문이다.

"음……."

"이건 예상보다 큰 문제군요."

말을 하지 못하는 로버트와 생각이 많아지는 엠버.

그럴 수밖에 없다.

관타나모는 육백 명 정도만 수용할 수 있는 작은 수용소다. 그 좁은 공간에 강간 피해자가 우연히 들어갈 가능성이 얼마나 되겠는가?

더군다나 그 피해자가 이슬람 전사나 테러리스트도 아닌데.

"애초에 관타나모에 들어가는 사람이 이슬람 신자도 아닌 경우도 많지요. 재판이 없으니까."

"후우, 그렇지요."

로버트는 한숨을 쉬면서 말했다.

실제로 파키스탄계 영국인이었던 청년들이 결혼식 방문을 위해 파키스탄으로 갔다가 관타나모 수용소로 끌려가 2년이 넘게 잡혀 있었던 적도 있다.

그들이 범죄를 저지른 것도, 무기를 가지고 있던 것도 아니다. 그저 외모가 파키스탄 사람들과 똑같았던 것이 문제였다.

그들의 여권이나 주장은 아무런 효과도 없었고, 재판도 없었다.

"열여섯 살 먹은 애가 관타나모로 끌려갔다…… 그게 문제군요."

국제법에 따르면 그 나이대의 아이라면 소년병이라고 해도 그렇게 강한 처벌이 이루어지지 않는다.

성인에 의해 강제로 끌려갔다고 보기 때문이다.

그런데 고작 열여섯 살 먹은 애를 관타나모에 넣는다?

"게리 하워드가 끼어 있었겠군요."

"맞습니다."

게리 하워드는 아들의 추문을 감추기 위해 피해자였던 소년을 관타나모로 강제로 밀어 넣은 것이다.

"만일 여자아이였다면 그렇게까지는 하지 않았을 겁니다."

하지만 남자아이였고, 그 당시에는 아이들이 폭탄 테러를 일으키는 경우도 많았다.

"그래서 관타나모에 그 아이가 들어간 거죠."

피해자는 한 명뿐이고 증언을 해 줄 사람도 없으니 당연히 사건은 은닉되었다.

하지만 뒤끝 쩌는 도널드 올드먼이 악착같이 뒤를 캐서 터져 나온 사건이었다.

"강간 사건은 둘째 치고, 사건을 덮기 위해 미성년자를 관타나모에 넣은 건 전혀 다른 문제입니다."

노형진의 말에 다들 침묵을 지키고 조용히 생각에 빠졌다.

확실히 그건 중요한 핵심이다. 게리 하워드가 아니라면 미군이 미성년자를 관타나모에 넣을 이유는 없다.

"더군다나 프랭크 하워드는 미국의 영웅이란 말이지요."

당장 프랭크 하워드는 아버지와 함께 전국을 돌면서 지지를 요청하고 있다.

"그런데 말입니다."

노형진은 그에 대해서도 이상하게 생각했다.

"그가 훈장까지 받은 미국의 영웅이라는 부분에서 저는 이상하다는 생각이 듭니다."

"네? 어째서요? 전쟁터에서 영웅이 될 수도 있지 않습니까?"

"물론 그렇지요. 하지만 전쟁터는 인간의 극단적 본성이 드러나는 곳입니다. 극단적으로 자기 감정이 드러나는 전쟁터에서 모든 부정적 감정을 이겨 내고 동료를 위해 희생한 사람이 영웅이 되지요."

노형진의 의문점은 거기서부터 시작한다.

도널드 올드먼은 그 부분에 대해서는 잘 생각해 보지 못한 것 같지만 말이다.

"제가 얻은 정보는 확실합니다."

미래에 그걸로 인해 그들이 파멸했으니까.

"그런데 생각해 보면, 전쟁터에서 성욕을 참지 못하고 강간을 저지른 작자가 영웅적인 행동으로 훈장까지 탄다는 건 좀 말이 안 돼요."

"흐음?"

로버트가 고개를 갸웃했다.

"생각해 보니 확실히 이상하기는 하네요. 그렇게 훈련받은 영웅이 자기 성욕 하나 절제하지 못한다는 건 말이 안 되는데요?"

"그래서 좀 알아봤습니다, 그 프랭크 하워드가 왜 전쟁 영웅이 되었는지에 대해 말입니다. 외부에 드러난 건 그가 전쟁 영웅으로 훈장을 받았다는 것뿐이니까요."

단순히 교전을 벌였다는 이유로 전쟁 영웅이 되지는 않는다.

압도적인 승리를, 그것도 대규모 승리를 얻어 냈거나, 위험한 상황에서 희생을 통해 사람을 구하거나 아군에 승리를 가져오는 것이 바로 그 훈장의 조건이다.

"일단 압도적 승리를 가지고 온 건 아닙니다."

당시 그는 고작 중위 계급의 소대장일 뿐 전투를 지휘할 수 있는 사람은 아니었다.

"그가 힘든 전투를 뒤집은 것도 아니지요."

그가 이라크에 파견된 것은 사실이지만 극단적으로 전투가 많이 벌어지는 시점은 아니었다.

후세인 정권이 무너진 후에 일부 반군이 저항하던 시점이었고 체계적인 저항은 이미 사라진 상황이었으니까.

"그 당시 기록에 따르면 야간 순찰 중에 반군의 기습을 받은 것으로 되어 있네요. 야간에 대전차지뢰를 밟은 상태에서 적 반군의 기습을 받았다고 합니다."

"그리고요?"

"그리고 그 상황에서 대전차지뢰에 피탄된 차량에서 아군을 꺼내서 구해 주고 적 반군을 격퇴한 것이 주요 공훈입니다."

"확실히 애매하기는 하네요."

그 정도 전투는 쉽게 벌어질 수 있는 일이다.

물론 대전차지뢰에 당한 부분에서 불리할 수도 있겠지만 말이다.

"그런데 저는 이상하다는 생각이 들었습니다."

"어떤 부분에서요?"

"알라의 요술봉. 어디 갔습니까?"

"네?"

"아, 미국에서는 그 이름을 모르지요? RPG-7 말입니다, 이라크에서 가장 많이 쓰는 대전차미사일요."

노형진은 그들에게 보고서를 내밀었다.

영웅적 행위에 대한 기록이기 때문에 딱히 기밀로 처리되지 않아 그 당시 기록을 찾는 게 어렵지 않았다.

"일단 말입니다, 적이 미군의 순찰로에 지뢰를 깔고 기습하는 건 딱히 특이한 일은 아닙니다. 그 당시 이라크 반군이 가장 선호하던 전술이니까요."

일반적으로 미군은 험비라고 불리는 군용차량으로 순찰을

한다. 당연히 그걸 노리기 위해서는 대인지뢰로는 안 된다.

대전차지뢰 같은 건 싸고 효과적이다.

순찰로만 정확하게 특정할 수 있다면, 운이 좋으면 탱크 같은 것도 잡을 수 있다. 대부분의 차량은 여러 이유로 하부가 약해질 수밖에 없으니까.

"그러면 이 보고서는 딱히 문제가 되는 건 아니지 않습니까? 대전차지뢰에 당했다면서요."

"그렇습니다. 그런데 이건 군사적으로 말이 안 됩니다."

"말이 안 돼요?"

"네. 아, 로버트 씨는 군에 안 갔다 왔지요?"

미국은 모병제이니 로버트가 군대를 갈 이유는 없었다.

노형진은 로버트의 반응을 이해했다는 듯 고개를 끄덕였다.

"군사적으로 보면 대전차지뢰의 목표는 기습을 가하여 적의 숫자를 줄이는 것입니다."

"그래서요?"

"그리고 그게 성공하면 당연히 2차 공격에 들어가지요."

"여기 교전이 벌어졌다고 되어 있습니다만?"

엠버는 고개를 갸웃했다. 분명 보고서에는 야간에 교전이 벌어졌다고 되어 있었기 때문이다.

"그래서 제가 이상하다고 생각하는 겁니다. 아까도 말했다시피 이라크 쪽에서는 RPG-7이 그다지 구하기 힘든 물건이 아닙니다."

만일 대전차지뢰로 선탑 차량이 폭파되는 경우 차량은 당연히 멈추고, 응전이 이루어진다.

그리고 그 보고서에 따르면 미군의 오른쪽 언덕에서 다수의 이라크 반군이 공격해 들어와서 그에 대항한 것으로 되어 있었다.

"적은, 아니 미군은 아래쪽에 자리 잡고 있었습니다. 위치상 불리하지요. 그에 반해 반군은 언덕 위에 있었습니다. 분명 효율적인 기습이고, 여기 적힌 그대로라면 분명 영웅적 행동입니다. 그런데 여기서 의문점이 생겨요. 적들이 오른쪽에 나타났으니, 미군은 차량의 왼쪽으로 몸을 숨기고 항전했을 겁니다."

별게 없는 개활지. 그곳에서 몸을 엄폐시켜 줄 만한 건 거의 없다.

위치도 불리한 상황에서 미군들이 의지할 만한 것은 방탄 처리된 험비뿐이다.

"그리고 그 말은, RPG라면 심각한 타격을 입힐 수 있다는 소리입니다."

"아하!"

아무리 험비가 방탄 처리가 잘되어 있다고 해도 RPG를 막을 수는 없다. 더군다나 선탑차가 당한 상황에서 차량은 두 대뿐.

RPG 로켓 두 대면 험비를 박살 낼 수 있고 그 뒤에서 저항하는 미군도 학살할 수 있다. 그리고 이런 상황이라면 미군은 RPG를 쏘려고 하는 반군을 막을 방법이 없다.

"대전차지뢰까지 있는 반군에 RPG가 없었으리라고 보기는 힘들지요."

발사관이야 재활용할 수 있고 탄두는 널리고 널렸다.

도리어 대전차지뢰가 구하기 힘들다.

"그러네요. 그럼 말이 안 되네요."

반격도 걱정하지 않아도 된다.

이쪽은 언덕에 자리 잡고 있다.

더군다나 어둠 속에 몸을 숨기고 있으니, 몸을 내놓고 쏜다고 해도 맞을 가능성은 높지 않다.

"이건 전략적으로 말이 안 되는 사건이에요."

노형진은 다른 보고서를 꺼내서 그들에게 건넸다.

"이건 비슷하게 당한 다른 미군 순찰대에 대한 보고입니다."

대전차지뢰나 급조 폭발물로 선두 차량이 날아가고, 반군이 기습하고, 거의 대부분의 경우에 RPG를 이용한 차량 공격이 시도되었다.

그 때문에 미군도 피해가 많았고 말이다.

"그런데 이 건에서만 유독 그 RPG가 등장하지 않았단 말입니다."

"흠……."

로버트는 이해가 간다는 듯 고개를 끄덕거렸다.

그 전략을 모르는 것도 아니고, 흔하게 쓰는 전략이라면 이건 말도 안 된다.

"그리고 대응도 이상합니다."

"어떤 부분에서요?"

"미국에서 가장 강한 군대가 어디입니까?"

"글쎄요. 네이비씰이나 그린베레 아닐까요?"

노형진은 고개를 흔들었다.

"그들은 특수전 전문이고요. 미국에서 가장 강한 전력은 공군입니다."

천조국이라는 말마따나 돈이 넘치는 미국은 적을 발견하면 가장 먼저 하는 게 공군을 부르거나 포격을 요청해서 그 지역을 싹 쓸어버리는 것이다.

군인 한 명을 죽이는 것보다는 비싼 폭탄을 쓰는 게 더 낫다는 게 미국의 방식이니까.

"그런데 이 작전에서는 그 지원 요청이 없었습니다. 보고서대로라면 말이 안 되지요."

습격한 이라크 반군은 대략 백여 명으로 추정, 그리고 그들이 언덕에서 아군을 공격했다.

"만일 그 언덕에다가 폭격이나 포격을 했다면 아마 그들은 싹 쓸려 나갔을 겁니다."

만일 프랭크 하워드가 지원을 요청해서 폭격이나 포격이 이루어졌다면 RPG가 등장하지 않았을 수도 있다.

순식간에 쓸려 나갔을 테니까.

"하지만 프랭크 하워드는 지원 요청을 하지 않았지요. 뭐, 포병은 포격 반경인지 알 수는 없지만, 그래도 공군 요청은 할 수 있지 않습니까?"

그러면 못해도 수십 명은 잡았을 것이다.

"그러고 보니 이상하네요."

엠버는 고개를 끄덕거렸다. 그녀가 전략 전술에 대해 잘 아는 것은 아니지만 적을 잡을 수 있는 기회가 있는데 그냥 날려 버렸다는 것은 여러모로 이상하다.

그건 아군도 적군도 마찬가지.

"서로 타격을 입힐 수 있는 기회가 있었는데 쓰지 않는다는 건 말이 안 되죠."

노형진은 그렇게 말하면서 진중한 표정을 지었다.

"그래서 말인데, 저는 이 사건이 조작된 게 아닐까 하고 생각합니다."

"조작요?"

흠칫하는 엠버와 로버트.

그건 상당히 예민한 문제였기 때문이다.

"설마요! 이런 문제는 상당히 예민합니다. 조작된 영웅을 좋아하는 사람은 없습니다."

엠버는 확실하게 선을 그으며 말했다.

그녀는 미국인으로서 미국인들의 성향을 안다.

그들은 영웅을 추앙하지만, 그렇기 때문에 더욱 그런 조작된 영웅을 극도로 혐오한다.

"하지만 가끔 그렇게 조작되는 경우도 있지요. 한국에도 그런 경우가 제법 많고요."

노형진은 그렇게 눈을 찌푸리면서 말했다.

"만일 그게 사실이라면 이건 심각한 문제입니다. 그 조작에도 게리 하워드가 들어갔을 테니까요."

미군이 이유도 없이 누군가를 영웅으로 만들어 줄 리가 없다.

국가의 모든 행동은 다 이유가 있기 마련이다.

이유 없이 움직이는 국가는 없다.

"영웅에 대해서는 미국은 불가침이니까요."

"하지만 왜요?"

"왜일까요?"

노형진에게는 답이 보이는 것 같았다.

"게리 하워드는 정치 명문가 출신입니다. 그의 아버지도 정치인이었고 그의 할아버지도 정치인이었고 그도 정치인입니다. 만일 가문에 영웅이 있다면 어떨까요?"

"여러모로 유리하겠군요."

엠버는 알 것 같다는 듯 말했다.

"영웅이라는 존재가 있다면 여러모로 홍보가 되니까요. 더군다나 정치인의 궁극적인 꿈은 대통령이고요."

대통령 후보로 나섰을 때 자신이 전쟁 영웅이라면 과연 얼마나 플러스가 될까?

"이건 심각한 문제입니다. 미국의 정치판이 크게 흔들릴 겁니다."

영웅의 가치는 그들의 희생에 있다. 그런데 그 가치가 부정된다면 다른 전쟁 영웅까지 무시당하게 된다.

"한국에서는 이미 벌어지고 있는 일이지요."

노형진은 씁쓸하게 말했다.

한국에는 여러 가지 훈장이 있다.

그런데 대부분의 훈장은 진짜 유훈자에게 주는 게 아니라 정치인끼리 나눠 먹는 용도다.

전 세계에 한국의 이름을 떨친 선수보다는 적당히 얼굴 좀 비치고 다닌 정치인에게 훈장이 지급된다.

그렇다 보니 한국에서는 훈장의 가치가 무척이나 낮다.

받은 사람에게 있어서 자랑스러운 무언가라기보다는, 희생에 대한 유일한 보상이라는 느낌이 강하다.

"그리고 그러한 행동은 궁극적으로 매국이라는 형태로 돌아오지요."

희생에 대한 국가의 보상이 제대로 이루어지지 않는다면 세상에 누가 충성을 이야기할 수 있겠는가?

"하지만 그게 가능할까요? 미 군부도 바보는 아닐 겁니다. 물론 공작이 이루어질 수는 있지만, 미 군부에서 그렇게까지 해 가면서 위험부담을 감수할 리는 없다고 생각합니다."

로버트는 좀 부정적인 입장이었다.

그럴 수밖에 없다.

미군의 세력이 약한 것도 아니고, 어쭙잖은 정치인 하나쯤은 쉽게 날려 버릴 수 있는 힘을 가지고 있다. 그들이 정치인을 위해 위험하게 훈장까지 조작할 이유는 없는 것이다.

"그러니까 그 이유를 알아 봐야지요. 이유도 없이 그들을 도와줬을 리는 없으니까요."

노형진은 진지하게 말했다.

"그러기 위해서는 프랭크 하워드를 한번 만나 봐야겠습니다."

"프랭크 하워드를요?"

"그렇습니다."

노형진은 고개를 끄덕거렸다.

"그가 뭔 짓을 했는지, 한번 살펴보도록 하지요."

노형진은 주먹을 쥐었다 폈다 하면서 말했다.

과연 프랭크 하워드의 생각이 무엇인지 참으로 궁금했다.

전쟁이란 역사를 강탈한다

노형진은 프랭크 하워드를 따로 만나고 싶었다.

하지만 그럴 수가 없었다.

프랭크 하워드는 전쟁 영웅으로 아버지의 선거를 도와주기 위해 전국을 돌아다니고 있었기 때문이다.

결국 그를 만날 수 있는 방법은 그들이 초대한 그 파티에 가는 것밖에 없었다.

'뭐, 어쩔 수 없지.'

1억이라는 돈. 적다면 적고 많다면 많은 돈.

노형진이 내놓기로 한 돈이었다.

물론 그게 아깝지 않은 건 아니다.

하지만 장기적으로 싸우기 위해서는 그들을 만나야 했다.

"그쪽에서는 상당히 불만을 가진 듯하더군요."

파티장으로 가는 리무진 안에서 화려한 드레스를 입은 엠버가 차분하게 말했다.

하지만 그 차분함 속에 짜증이 가득함을 어렵지 않게 느낄 수 있었다.

"아마도 그쪽은 최소 10억 이상은 받을 수 있을 거라 생각했을 테니까요."

노형진은 입맛을 쩝쩝 다시며 말했다.

"그런데 고작 1억이니 그들 눈에는 고깝게 보일 수밖에요."

"차라리 돈을 더 주는 게 어떨까요?"

"이미 늦었습니다. 설사 준다고 한다고 해도 그저 날리는 돈입니다."

"끄응, 그렇지요."

물론 날린다는 의미는 엠버가 생각하는 것과 좀 달랐다.

엠버는 그 돈이 손해라고 생각하는 수준이지만, 노형진은 게리 하워드가 몰락한다는 의미로 말한 거니까.

"하지만 프랭크 하워드를 만날 수 있을까요? 좌석이 무척이나 먼데요."

게리 하워드의 후원회 파티에서는 준 돈에 따라 위치가 배정되었다.

당연히 거액을 준 사람일수록 가까이 자리를 잡았고 그 금액이 적을수록 멀리 잡혔다.

노형진이 준 돈 1억은 그 파티장 안에서 구석 중의 구석이 었다.

인사는커녕 그쪽에서 시선도 주지 않을 만한 자리.

"프랭크가 오도록 해야지요."

"하지만 금액이 너무 작아서……."

"사실 그걸 노리고 제가 1억만 한 겁니다."

"네? 그게 무슨 말씀이시지요?"

"자리가 가까우면 찾아오는 사람은 프랭크 하워드가 아니라 게리 하워드일 겁니다."

그와 인사하고 그의 손을 잡고 그와 안면을 틀 것이다.

애초에 후원회에서 거액을 약속하는 이유가 바로 그거니까.

"그런데 말석은 애매하거든요."

일단 자기들이 초대장을 보냈으니 인사는 해야 한다.

만일 무시하면 여러모로 곤란하다.

실제로 도널드 올드먼을 무시하는 바람에 강력한 적이 생긴 미국 민주당이 똑같은 실수를 할 가능성은 그다지 높지 않다.

"애초에 초대한 사람들 자체가 기본적으로 부자나 대형 기업이니까요."

"아, 심기를 거슬리면 공화당으로 가 버릴 수도 있다 이거군요."

"맞습니다."

정치적으로는 아군으로 끌어들이는 것도 중요하지만 적을 만들지 않는 것도 중요하다.

그 실수를 한 지 얼마 되지도 않은 민주당이 똑같은 실수를 할 수는 없다.

"그러면 여기서 문제가 생기죠. 시간은 한정되었고 사람은 많다면, 적은 금액을 지원한 사람들에게는 과연 누가 인사할 것인가?"

비서를 보내는 건 무리다. 그건 대놓고 무시했다는 의미니까.

급을 맞추려면 최소한 게리 하워드를 밀어주는 다른 상원의원이 인사해야 한다.

하지만 그들은 중간급 후원금을 낸 사람들을 상대해야 한다.

"그러면 남은 건 하나뿐이지요. 프랭크 하워드."

프랭크는 공식적으로 어떠한 직위를 가지고 있지 않으니까 민주당 소속으로 움직이지 않아도 된다.

하지만 그는 전쟁 영웅이며 게리 하워드의 아들이다.

그러니 그가 인사하는 것도 나름 면이 서는 일이다.

"그렇군요. 그런데 그걸 어떻게 아신 거지요? 이런 행사에 참여해 보셨나요?"

노형진은 그저 웃었다.

'이미 몇 번 참석해 봤다고 하면 못 믿겠지.'

물론 회귀 전이다.

그나마도 노형진이 자기 돈을 주려고 참석한 건 아니다. 법률적 조언자로서 활동했을 뿐이다.

하지만 그렇다고 해도 그들의 움직임은 노형진에게는 익숙했다.

"뭐, 여기저기서 주워 들었다고 생각하시면 됩니다. 중요한 건, 오늘 만나서 이야기해 보면 아마 그들이 어떤 생각을 하는지 알게 될 거라는 겁니다."

노형진은 그렇게 말하며 미소를 지었고, 잠시 후 그들은 그 후원회장으로 들어갈 수 있었다.

역시나 입구에서 가까운 그들의 자리에서는 게리 하워드의 얼굴을 보기는커녕 그의 목소리도 들리지 않았다.

'중요한 건 그가 아니니까.'

노형진은 그가 연설을 끝낼 때까지 느긋하게 시간을 보냈다.

약간의 유머와 약간의 자화자찬 그리고 자신이 대통령이 되었을 때에 서로 나눠 가질 과실에 대한 이야기.

그 이야기가 끝나고 폭죽이 터지고 꽃가루가 날린 후에야 드디어 제대로 된 후원회가 시작되었다.

당연하게도 게리 하워드는 노형진의 예상대로 가장 앞에

있는 사람들에게 인사하면서 시간을 보냈다.

그리고 프랭크 하워드는 아래쪽에서 인사하면서 천천히 이쪽으로 다가왔다.

"반갑습니다. 프랭크 하워드라고 합니다. 저희 아버님을 위해 소중한 후원을 해 주셔서 감사합니다."

악수를 하기 위해 노형진에게 손을 내미는 프랭크 하워드.

"노형진이라고 합니다. 마이스터의 아시아 대리인입니다."

프랭크 하워드의 눈에서 빛이 뿜어져 나왔다.

비록 이 자리가 소액 후원을 한 사람들을 위한 자리라지만 마이스터라는 이름은 절대 무시할 게 못 되니까.

지금이야 소액이지 나중에는 얼마나 후원할지 모르는 큰 곳이다.

"아, 그러십니까? 반갑습니다. 그런데 왜 아시아 대리인이?"

여기는 미국이다.

그리고 마이스터는 미국 기업이다.

그런데 아시아 대리인까지 왔다는 사실에 호기심이 동하는 모양이었다.

"당신에 대해 알고 싶어 하는 분이 계셔서요."

"그래요?"

프랭크 하워드의 눈이 살짝 반달처럼 휘었다.

아시아 대리인이 미다스의 전폭적인 지지를 받는다는 것은 널리 알려진 사실이다.

즉, 그가 누군가를 대신해서 온다면 그건 필연적으로 미다스일 수밖에 없다는 소리다.

"기대가 되는군요."

"저도 기대가 됩니다. 미다스 씨는 프랭크 씨의 영웅적 모험담에 깊은 감명을 받으셨습니다."

노형진은 그의 손을 잡고 악수하면서 미소 지었다.

"아, 네. 감사합니다."

의례적인 말에 프랭크는 손을 맞잡은 채 미소를 지었다.

하지만 그다음 말에 살짝 당황할 수밖에 없었다.

"미다스 씨도 나름 운이 좋다고 생각하시는 분인데 프랭크 씨만은 못하네요."

"그런가요?"

"네, 이라크 반군이 RPG도 박격포도 수류탄도 없이 총만 들고 무장한 미군에게 덤비다니, 진짜 운이 좋지 않고서야 그런 일이 벌어질 수는 없지 않겠습니까?"

흠칫하는 프랭크.

그는 자신도 모르게 손을 빼려고 했지만 노형진은 잡고 있던 손아귀에 힘을 줘서 그의 손을 더욱 꽈악 잡았다.

"더군다나 공군의 포격도 요청하지 않은 그 용맹함에 혀를 내두르셨습니다. 다만 포격을 요청했다면 더 많은 반군을 잡았을 텐데요. 아쉽네요."

"하하. 네……. 그건 좀, 아쉽네요."

프랭크는 기분이 묘해져서 애써 손을 빼려고 했다.

하지만 노형진의 말은 아직 끝난 게 아니었다.

"물론 다른 사람의 이야기에도 관심이 많습니다. 아마르
카님 말입니다. 아실지 모르겠습니다만."

노형진은 눈을 초승달처럼 휘면서 말했다.

그리고 그 말이 나오기 무섭게 프랭크는 노형진의 손을 강
하게 뿌리쳤다.

"어이쿠!"

노형진은 마치 예상이나 했다는 듯 바닥을 나뒹굴었다.

"너 뭐야!"

"무슨 짓입니까!"

"너 뭐 하는 새끼냐고!"

자신도 모르게 언성을 높이는 프랭크 하워드.

하지만 바닥에 쓰러진 노형진은 더욱 역성을 냈다.

"지금 뭐 하는 짓입니까! 후원자에게 폭력을 행사하다니
요!"

노형진의 언성이 높아지자 모두의 시선이 이쪽으로 향했
고 다급하게 몇몇이 달려왔다.

"너 뭐 하는 놈이야! 왜 여기에 왔지?"

노형진은 어이가 없다는 듯 입을 쩍 벌렸다.

"기가 막히군요. 그쪽에서 초대장을 보내지 않았습니까?"

노형진과 프랭크 하워드의 싸움이 커지는 듯하자 주변에서 다급하게 두 사람을 말렸다.

"사람을 초대해 놓고 폭행을 휘두르다니, 어이가 없군요."

"너 이 새끼!"

"프랭크! 뭐 하는 짓이냐!"

게리 하워드가 다급하게 달려와서 아들을 말렸다.

"미안합니다. 성함이?"

"노형진. 마이스터의 대리인 자격으로 참석했습니다만 어이가 없군요. 초대한 사람을 두들겨 패는 게 미국식 환영법인가 보군요."

"그럴 리가요."

"아니면 제가 유색인종이라 손잡는 것도 더럽다고 생각한 겁니까?"

노형진이 주변을 둘러보면서 말하자 게리 하워드는 아차 싶었다.

어쩌다 보니 여기에 초대된 사람들은 대부분 백인이었다.

어쩔 수가 없다. 미국의 주류는 여전히 백인이니까.

황인종은 단 한 명, 노형진뿐이다.

노형진은 그걸 확인하고는 으름장을 놨다.

"이 모욕, 마이스터에서 절대 그냥은 못 넘어갈 겁니다. 고소하겠습니다."

"오해가 있었나 본데……."

게리 하워드는 눈을 찌푸리면서 말했다.

비록 돈 때문에 마이스터를 부르기는 했지만 마이스터는 적으로 돌리기에는 무척이나 위험한 대상이다.

"오해라고 보기에는 너무 상황이 뻔하군요. 전쟁 영웅이라고 해서 존경해 마지않았는데 이렇게 극단적 인종차별주의자일 줄이야."

이 말에 주변 사람들이 상당히 불편한 얼굴이 되었다.

어지간한 부분은 용서되고 존경받는 전쟁 영웅이지만 미국에서 인종차별은 용납받지 못하는 죄목이다.

"아니, 저기, 미스터 노……."

"이 부분에 대해서는 더 이상 이야기하지 않았으면 좋겠군요. 법원에서 뵙겠습니다."

노형진은 못을 박듯이 말하고 그곳을 떠났고, 뒤에 남은 게리 하워드는 자신의 아들인 프랭크를 무서운 눈빛으로 노려보았다.

☙

"도대체 뭘 보신 거예요?"

"프랭크 하워드의 눈치와 목소리 같은 거요. 그의 행동을 읽으면 그의 생각을 예측할 수 있지요."

"고작 그게 목적이었나요?"

"그건 아닙니다. 애초에 그건 부차적인 목적이었습니다."

노형진은 엠버에게 말하면서 리무진 안에서 거칠게 나비넥타이를 풀었다.

'진짜 목적은 그의 기억을 읽어 내는 거였지만.'

물론 그건 성공했다.

아마르 카님은 그에게 강간당한 소년의 이름이다.

그 이름이 나오자 프랭크 하워드는 극단적으로 반응할 수밖에 없었다.

'의외는 그 영웅적 작전이었지.'

사실 프랭크 하워드와 아마르 카님에 관한 부분만 확실하게 해도 좋을 거라 생각했다.

하지만 노형진이 얻은 정보는 그것보다 더 크고 중요했다.

⚖️

"네? 이라크의 역사적 유물요?"

"네. 이라크도 사실 가난한 나라는 아닙니다."

이라크도 산유국이고, 페르시아 문명의 핵심이었던 중동의 국가이다.

당연히 모든 나라와 마찬가지로 역사적 유물이 있고 그 유물을 보관하는 곳이 있다.

"그런데 그 이라크 지역의 보물들에 관해 알려진 게 하나도 없지요."

"그 전쟁 통에 뭐가 남아 있겠습니까?"

로버트는 고개를 갸웃하면서 말했다.

"제가 미스터 노가 하신 말씀대로 많은 유물을 구입하고 있습니다만, 그쪽 유물은 많지 않던데요?"

노형진은 ISIS가 유물을 파괴한다는 걸 알고 있기에 가능하면 그들이 점령한 지역의 유물을 사려고 노력해 왔다.

그리고 그러한 노력 덕분에 노형진은 적지 않은 유물을 가지고 있었다.

"알고 있습니다."

"그런데 그거랑 이라크의 유물이 무슨 관계가 있습니까?"

"후세인이 죽을 당시에 엄청난 양의 역사적 유물이 사라졌지요."

대혼란의 시대. 정부군은 무너지고 반군은 돌격한다.

사방에 도둑이 넘치고 이라크의 박물관은 약탈당했다.

"그 유물들이 어디로 사라졌는지는 누구도 알지 못하는 일입니다."

"그렇지요. 그 당시에 도둑이……."

말을 이어 가던 로버트가 갑자기 움찔했다.

도둑질을 하는 것은 쉬운 게 아니다.

물론 이라크에 도둑이 많은 것은 사실이다.

하지만 작은 것도 아니고 많은 양의 보물을 옮기기 위해서는 트럭이 필요하다.

그 당시만 해도 하늘에서 이라크 전역을 감시하다가 조금이라도 수상하면 일단 미사일부터 쏟아붓던 시절이었다.

"그 당시에 이라크에서 트럭 같은 걸 구하는 건 쉬운 일이 아니었지요."

모든 트럭은 징발되어서 전쟁터로 가지고 갔으니까.

"그러면 그걸 옮길 수 있는 인력과 장비를 가지고 있는 집단이라는 소리죠. 그것도 미국의 공격을 피할 수 있는."

그 상황에서 그게 가능한 집단은 단 하나뿐이었다.

바로 미군.

"미군이 약탈을 한다고요? 그건 말도 안 돼요!"

엠버는 목소리를 높였다.

다른 곳도 아닌 미군이 약탈이라니?

하지만 노형진의 생각은 확고했다.

"약탈은 승전국의 권리입니다. 정확하게는 그렇게 생각하는 사람들이 많지요. 과거에도 현재에도 말입니다."

노형진은 씁쓸하게 말했다.

"당장 루브르박물관을 보십시오. 거기에 있는 유물이 순전히 프랑스 유물뿐이던가요?"

"그건…… 하아, 그러네요."

전 세계에서 가장 큰 박물관 중 하나인 루브르박물관. 그곳에 있는 대부분의 유물은 약탈품이다.

프랑스가 전 세계에서 가장 잘나가던 시절의 약탈품도 있고 도굴된 것도 있다.

심지어 한국의 유물 중에도 프랑스의 루브르박물관에 소장되어 있는 게 있다.

"역사적 유물이니까 약탈의 대상이 아니라는 말은 전쟁터에서는 통하지 않습니다. 도리어 어차피 약탈당할 물건이니까 우리가 가지고 가서 좋게 쓰자고 하는 논리가 통하지요."

"끄응……."

"그리고 미군 역시 여러 정보 단체를 비밀리에 운영하고 있습니다."

그리고 그러한 정보 단체에 들어가는 돈은 비공식적인 경우가 많기에 확보하는 건 절대 쉬운 일이 아니다.

"각 정보 단체는 비밀리에 자금을 확보할 수 있는 루트를 가지고 있지요. 가령 미군이라면 어떤 루트를 가지고 있을까요? 제가 봐서는 아주 확실한 루트일 것 같은데."

"끄응……."

미군은 전 세계에 퍼져 있고 매일 수십 대의 수송기들이 왔다 갔다 한다.

그런데 그런 미군의 수송기는 관세 부과나 조사 대상도 아니다.

만일 미군이 뭔가를 밀수하려고 한다면 그 나라는 그걸 막을 수 있는 방법이 없다.

"설마 프랭크 하워드가 그 책임자였다는 건가요?"

"그런 것 같습니다. 일단 정보로는요."

물론 정보가 아니라 그의 기억을 읽은 것이지만 말이다.

"프랭크 하워드가 어째서 그런 일에······."

"간단합니다. 그의 아버지는 게리 하워드, 정치인이니까요."

만일 아무에게나 이런 일을 시켰다가 그가 폭로라도 하면 미국도 미군도 여러모로 곤란해질 수밖에 없다.

그러니 누군가 확실하게 믿을 만한 사람을 배치해서 운영해야 한다.

그런데 그 확실하게 믿을 만한 사람이 과연 누구일까?

"프랭크 하워드라면 문제 될 게 없지요."

아버지가 미국의 상원 의원이라는 것만으로도 그의 신분은 보장된다.

그가 아버지와 가문을 망치고 싶지 않은 이상에야 범죄를 저지를 이유가 없으니까.

더군다나 게리 하워드는 미국에서도 유명한 매파, 즉 호전적 전쟁 주의자에 속한다.

당연히 군부와 상당히 끈끈한 연을 가지고 있다.

"반대로 프랭크 하워드 입장에서는 상당히 유리한 조건이지요."

결국 정치인이 되는 게 그의 목적이다.

아마도 그가 장교가 된 것 역시 정치인이 되기 위해서는 애국심을 증명하는 편이 가장 확실하기 때문일 것이다.

"그러면 다른 부분도 이해가 되지요."

"아마르 카님의 관타나모 이송 말이군요."

아무리 이슬람 신자라지만 미성년자를, 그것도 무장도 하지 않은 소년을 관타나모에 넣는 것은 절대 쉬운 일이 아니다.

손을 쓴 자가 게리 하워드라고 해도 말이다.

"하지만 미군이 손잡았다고 하면 문제 될 게 없지요."

어차피 관타나모에 들어가는 자들에 대한 정보는 없다.

그들은 재판도 없이 들어간다.

오로지 단 하나, 의심이면 된다.

미국의 국익을 위협한다는 의심.

"미국 입장에서는 프랭크 하워드가 처벌받는 위험을 부담할 수는 없었을 겁니다."

그러니 간단하게 아마르 카님을 관타나모에 처박는 것으로 해결했을 것이다.

"그나마 다행인 건 그를 죽이지는 않은 거지요."

만일 그가 죽었다면 진짜 답이 없을 것이다.

"결국 우선 아마르 카님을 구하는 게 핵심이라는 거네요? 지금 당장 미 국방부와 싸울 수는 없잖아요."

"그렇지요."

노형진은 고개를 끄덕거렸다. 그리고 조심스럽게 말했다.

"일단은 아마르 카님을 구하는 데 신경을 쓰도록 하지요."

"하지만 게리 하워드가 가만히 있겠습니까?"

로버트가 걱정스럽게 말했다.

그가 아는 게리 하워드라면 결코 가만있지 않을 것이다.

"그래서 제가 그곳에서 깽판을 친 겁니다."

"깽판?"

"우리가 아마르 카님에 대해 알고 있다는 사실 하나만으로도 게리 하워드와 프랭크 하워드는 우리를 공격하려고 할 겁니다. 특히나 민주당 쪽 세력은 어떻게 해서든 우리를 축출하려고 하겠지요."

"그렇지요."

두 사람은 고개를 끄덕거렸다.

"그래서 제가 그곳에서 고의로 고꾸라진 겁니다."

"고의로?"

"네."

노형진은 자신이 아마르 카님에 대해 이야기하는 순간 프랭크 하워드가 손을 강하게 뿌리칠 거라는 걸 알고 있었다.

그래서 그 순간에 맞춰 바닥을 나뒹굴었고, 이어 인종차별이라고 길길이 날뛰었다.

"인종차별은 미국에서는 상당히 큰 문제지요. 특히나 미국의 대통령 후보의 아들이자 미국이 자랑하는 전쟁 영웅이 인종차별주의자라면요."

"아하! 그를 인종차별로 고소하실 생각이군요."

"정확합니다."

노형진은 그를 고소할 생각이다.

다른 사람도 아닌 마이스터, 그것도 미다스의 한국 대리인에 대한 인종차별.

이건 심각한 문제이고, 언론에서 그냥 넘어갈 만한 일이 아니다.

"게리 하워드는 어떻게 해서든 덮고 싶겠지만 린지 라이스가 그걸 보고만 있을 리가 없지요."

그렇잖아도 조그마한 약점이라도 생기면 아귀다툼을 하는 게 정치인들이다.

과연 이 인종차별 문제를 알게 된 린지 라이스가 어떻게 할까?

"제 생각에는 그걸 가지고 신나게 게리 하워드를 씹을 겁니다."

"게리 하워드는 그걸 방어할 수밖에 없고요."

"그렇습니다. 하지만 정작 우리를 공격할 수도 없지요."

자신들에 대해 감시하거나 조사하거나 공격하려는 모션을 취하는 순간, 인종차별 소송에 대한 보복으로 보일 수밖에 없다.

"물론 그로 인해 게리 하워드와는 완전히 척지게 되겠습니다만."

"애초에 척질 수밖에 없는 상황이기는 하지요."

로버트는 진중하게 말했다.

그들이 요구한 정치자금이 적지 않았기 때문이다.

아무리 마이스터와 미다스라지만 그들은 욕심이 과했다.

"그런 만큼 엠버 씨가 이번 사건을 담당해 주셨으면 합니다."

"제가요?"

"이건 유색인종에 대한 인종차별 소송입니다. 엠버 씨 역시 흑인인 만큼 그들에 맞서 대표로 소송하시면 상징성을 가지게 되지요."

"맞습니다. 그리고 우리는 그사이에 아마르 카님을 꺼내면 됩니다."

노형진은 씩 웃으며 말했다.

"아마 게리 하워드는 여러모로 곤란할 겁니다, 후후후."

⚖

"젠장! 너 도대체 무슨 짓을 한 거야!"

게리 하워드는 아들인 프랭크에게 억눌린 목소리로 짜증을 부렸다.

아무리 소액 후원자라지만 그런 식으로 행동해서는 안 됐다.

더군다나 다른 곳도 아닌 마이스터의 대리인이라면 더더욱.

"하지만 아버지! 그놈이 아마르 카님에 대해 이야기를 꺼냈단 말입니다!"

"그러니까 더 조심했어야지!"

아마르 카님의 문제는 게리 하워드가 어떻게 해서든 덮기는 했다.

하지만 덮었다고 해서 그 모든 문제가 사라진 것은 아니다.

당장 그 사건과 관련된 사람은 쉰 명이 넘고 그들에게 적당한 대가를 지불했지만 그들 모두가 입을 다문다는 보장은 없었다.

"더군다나 아마르 카님의 가족과는 협상도 안 되었단 말이다!"

그들이 전쟁을 피해서 도망치는 바람에 그렇게 된 것이다.

물론 그때는 어차피 그렇게 간 놈이 무슨 힘이 있겠느냐고 생각했다.

이라크는 망했고, 누구도 그들의 이야기에 귀를 기울여 주지 않았으니까.

"젠장, 그게 몇 년 전 일인데."

이를 빠드득 가는 게리 하워드.

그동안 마이스터와 미다스의 정보 라인이 미국 이상이라

는 소문은 들었지만 설마 그 사건까지 알아낼 줄은 몰랐다.

"넌 그들이 그렇게 행동한 이유를 알아야 했어!"

"그들이 저를 위협했단 말입니다, 아버지!"

"그래! 그들이 널 위협했지! 그런데 왜 위협했는지도 알아야지!"

"그, 그건……."

"끄응……."

자신의 뒤를 이어야 하는 프랭크 하워드가 정치적 식견이 많이 부족하다는 걸 알고 있던 게리 하워드는 한숨만 나왔다.

"만일 그들이 보복하거나 널 파멸시키려고 했다면 그걸 터트렸을 것이다. 하지만 그걸 너한테 이야기하면서 위협했지. 그런데 넌 그를 패대기쳤지."

"아니, 패대기쳤다기보다는, 그 남자가 스스로 쓰러진 건데……."

"그건 중요하지 않다. 다른 사람들에게는 네가 그를 패대기친 것으로 보였다는 게 중요한 거다."

"……."

"그리고 그로써 그들은 네가 적이라고 확신한 거다. 그때 조용히 약속을 잡고 협상했어야 했어."

어리석은 아들의 행동에 게리 하워드는 머리가 아파 왔다.

물론 노형진이 협상을 위해 쓰러진 게 아니라는 건 알지 못했지만 말이다.

"이놈들이 우리에게 엿을 제대로 먹이려고 덤빈다면 곤란해지는 건 우리다. 린지 라이스 그년이 우리에게 엿을 먹이기 위해 얼마나 노력하고 있는데."

이를 박박 가는 게리 하워드.

"아무래도 여러모로 힘들어질 것 같구나."

프랭크는 고개를 푹 숙이고 말았다.

마음 같아서는 개미굴이라도 있다면 들어가고 싶었지만 그럴 수도 없었다.

⚖

노형진은 움직이지 않았다.

물론 바로 움직여도 된다.

하지만 노형진이 먼저 움직이면 손해라는 걸 알고 있었다.

게리 하워드 쪽에서는 계속 사과하고 싶다고 연락했지만 노형진과 마이스터 쪽은 철저하게 무시했다.

화해할 상황도 아니거니와, 한다고 해도 이득이 없으니까.

그리고 며칠 지나지 않아서 노형진의 예상대로 기다리던 사람이 나타났다.

"반갑습니다, 미스터 노. 해리 햄프셔라고 합니다. 해리라고 불러 주십시오."

노형진과 마이스터를 찾아온 남자.

그는 웃으면서 자신의 명함을 내밀었다.

"린지 라이스 상원 의원의 선거 캠프에서 일하고 있습니다."

노형진이 기다리던 사람. 그건 다름 아닌 린지 라이스의 사람이었다.

"지난번에 들었던 사건에 대해서는 죄송함을 금할 수가 없군요. 저희 민주당에서 그런 인종차별적 행위를 허용한다고 생각하지는 말아 주셨으면 합니다."

입에 발린 사과를 하는 해리를 보면서 노형진은 속으로 피식 웃었다.

'그래, 그렇겠지.'

노형진이 당한 일은 게리 하워드에게는 심각한 타격이다.

'그리고 정치권에는 언제나 양쪽에 줄을 대는 놈이 있기 마련이지.'

당연히 그를 통해 현장에서 있었던 일이 린지 라이스 측으로 전해질 수밖에 없다.

노형진이 노린 게 바로 그거였다.

린지는 그게 중요한 무기가 될 거라는 걸 확신했을 테니 그 무기를 휘두르고 싶을 것이다.

'하지만 정작 그 무기를 휘두르기 위해서는 내가 먼저 움직여야 하지.'

피해자는 노형진이니까.

그래서 먼저 고소를 하기를 기다리고 있었겠지만, 노형진이 움직이지 않자 접촉하기 위해 온 것이다.

"저희 린지 라이스 상원 의원은 게리 하워드와 프랭크 하워드의 행동에 대해 심각하게 생각하고 있습니다. 미국은 다인종 국가이니 인종차별주의는 있을 수도 없고 있어서도 안 된다고 생각합니다."

"당연하지요! 제가 거기서 서빙을 보던 보이도 아니고 마이스터의 대리인 자격으로 참석한 건데 그 정도로 인종차별을 받았습니다! 제게 그 정도라면 다른 사람들에게는 어떻게 굴었을지 뻔히 보이지 않습니까?"

노형진은 짐짓 화를 내는 척하면서 펄펄 뛰었다.

그런 노형진을 보면서 해리는 미소를 지었다.

"그래서 제가 온 겁니다. 만일 도움이 필요한 일이 있다면 언제든 말씀해 주십시오."

"내가 힘이 없어서 소송을 못 하는 줄 압니까?"

"그럴 리가요."

세상에 어떤 사람이 노형진이 힘이 없어서 소송을 못 한다고 생각하겠는가?

그의 진실된 얼굴은 둘째 치고, 마이스터의 아시아 대리인이라는 것만으로도 전 세계에서 손에 꼽히는 권력자다.

"사실 그들과 이야기하고 싶지도 않았습니다."

노형진은 그렇게 말하면서 머릿속으로는 복잡한 생각을

많이 했다.

'내가 아무리 잘나도 관타나모는 다른 이야기야.'

관타나모는 미 국방부에서 관리하고, 그곳은 일반 교도소가 아니다.

돈의 힘은 절대 미치지 않으며 그곳에서 쓸 수 있는 힘은 군부 아니면 정치적 권력뿐이다.

그래서 노형진이 기다린 것이다.

만일 그가 먼저 움직이면 린지 라이스가 노형진을 이용하는 형태가 되겠지만, 반대로 린지가 먼저 접근하면 그가 린지 측을 이용할 수 있게 되니까.

'그리고 한국과 미국은 문화가 좀 많이 다르단 말이지.'

한국의 문화는 익은 벼가 고개를 숙인다고 표현하면 된다.

힘이 있어도 그걸 섣불리 쓰는 것을 꺼리는 분위기다.

그에 반해 미국은 선만 안 넘으면 뭘 하든 신경 쓰지 않는 분위기다.

당장 그런 분위기는 연예계에서도 드러난다.

한국에서는 남자 연예인이 팬들을 건드리는 것은 금기시되어 있고 연애 자체도 극도로 제한된다.

그에 반해 미국은 연예인과 팬이 눈 맞아서 뽕뽕을 하는 게 뭐가 잘못이냐고 생각한다.

물론 그 두 사람의 합의하에 이루어져야 하지만, 그건 연예인에게 있어서 그다지 큰 흠결이 아니다.

당연히 노형진이 여기서 개지랄을 떤다고 해도 미국의 누구도 노형진이나 마이스터를 욕하지 않는다.

　이미 노형진이 먼저 공격받았고 거기에 반격하지 않는 게 병신 같은 거니까.

　"그쪽에서 먼저 공격해 온 이상 우리도 그냥은 못 넘어갑니다."

　"알고 있습니다. 저는 그런 극단적 인종차별주의자들이 미국을 대표한다는 게 무척이나 창피스럽습니다."

　'웃기고 자빠졌네.'

　노형진은 속으로 웃었다.

　그들만큼 미국이나 자신들의 이득에 예민한 사람은 없으니까.

　'뭐, 상관없지.'

　어차피 그들은 대통령이 되지 못한다.

　그러니 그가 그들을 이용한다고 해서 보복을 두려워할 필요도 없다.

　'애초에 이용하는 것도 아니고.'

　노형진과 린지 라이스의 이득이 서로 맞았을 뿐이다.

　"말은 감사합니다. 하지만 이 싸움은 저희들이 알아서 합니다."

　만일 노형진이 린지 라이스에게 쪼르르 달려갔다면 아마 그쪽은 도움을 주는 조건으로 정치자금을 요구했을 것이다.

하지만 노형진은 그걸 줄 생각이 없었다.

"재판이야 그렇지요. 하지만 다른 도움은 필요 없으십니까?"

린지 라이스 쪽도 바보는 아니다.

오랜 시간 차기 정치인으로 훈련받은 프랭크 하워드가 당황해서 그렇게 큰 잘못을 저질렀다는 것은 평소라면 있을 수 없는 일이다.

'당연히 내가 프랭크 하워드의 약점을 알고 있다고 생각하겠지.'

그리고 그걸 알아내기 위해 온 거고 말이다.

"으음……."

노형진은 말하려는 듯하다가 이내 입을 다물었다.

너무 쉽게 풀어 주면 안 된다.

"그건…… 섣불리 말할 수 있는 게 아니군요."

해리는 마음이 급해져 침을 꿀꺽 삼켰다.

노형진이 그쪽의 확실한 약점을 잡았다고 생각한 것이다.

"문제를 해결하기 위해 혼자서 싸우는 건 좋은 생각이 아닙니다. 올바른 의지를 가진 사람이 서로 돕고 산다면 세상이 좋아지지 않겠습니까?"

그의 말에 노형진은 잠깐 고민하다가 한숨을 내쉬며 말했다.

너무 길게 끌어도 곤란하기는 하다.

어차피 그가 소송을 시작하면 게리 하워드가 이길 가능성은 낮아지고, 그러면 정보의 가치는 떨어질 수밖에 없다.

그러니 적당한 조건을 붙여서 이득을 얻어 내고 내주는 게 상책이다.

"그러면 뭘 해 주실 수 있습니까?"

"네?"

"제가 바보로 보이나요? 내가 가진 정보의 가치는 누구보다 잘 알고 있습니다. 이건 린지 라이스 씨를 확실하게 미국의 대통령으로 만들어 줄 정보입니다. 그걸 말 몇 마디에 넘길 거라 생각하십니까?"

정보가 비쌀수록 그 가치는 더 높아지기 마련이다.

그리고 비싸게 산 정보일수록 더 써먹고 싶어 하는 게 인간이고 말이다.

"그건……."

"제가 맹세합니다만, 이 방에는 어떠한 녹음기도 촬영 장비도 없습니다. 그러니 서로 툭 터놓고 말하지요. 아까도 말했지만 이 정보는 린지 라이스 씨를 미국의 대통령으로 만들어 드릴 겁니다. 하지만 제가 이걸 그냥 알려 드릴 이유는 없지요."

"흠……."

"제가 바보 같습니까? 제가 프랭크 하워드에게 인종차별로 소송하기를 원하시지요? 그걸 이용해서 게리 하워드를 몰아붙이고 싶으신 거겠지요."

노형진은 해리를 보면서 피식 웃었다.

본심을 들킨 해리는 묘한 표정을 지었다.

"아니요. 저는 그럴 생각이 없습니다. 제가 왜 바보같이 그래야 합니까? 저는 양쪽의 캐스팅보트를 쥐고 있는데."

"그건……."

"만일 제가 게리 하워드 쪽의 사과를 받아들이고 그쪽에 대한 지지를 천명한다면 이건 해프닝으로 끝날 일입니다. 하지만 제가 인종차별을 이유로 소송하는 순간, 게리 하워드는 끝도 없이 불리해질 테지요. 그런데 제가 왜 이런 강력한 무기를 버려야 합니까?"

노형진은 해리를 보면서 싱글거리며 말했다.

"으음……."

"정치적 거래에는 공짜가 없습니다, 미스터 햄프셔."

노형진의 진중한 말을 들은 해리는 침을 꿀꺽 삼켰다.

'내가 멍청했지. 다른 사람도 아닌 마이스터의 대리인이 정치적 감각이 없을 거라고 생각하다니.'

그나마 다행인 것은, 노형진이 자신이나 린지 라이스에게 그다지 적대감을 보이고 있지 않다는 것이다.

그 말은, 적당한 대가만 준다면 그 정보를 얻을 수도 있다는 걸 의미한다.

"원하는 게 뭡니까, 미스터 노? 최선을 다해서 도움을 드리지요. 단! 국가 기밀이나 미국의 국익에 반하는 것은 들어

드릴 수는 없습니다."

아무리 지금의 승리가 중요하다고 하지만 그런 걸 내주면
스파이가 될 수밖에 없다.

그렇잖아도 중국의 스파이들 때문에 발칵 뒤집어진 미 정
부에 있어서 그건 심각한 약점이다.

"돈이 필요하신가요?"

"제게 돈이 필요할 거라고 생각하십니까?"

"하긴, 그럴 리가 없겠군요."

마이스터의 대리인이 돈을 달라고 하는 것만큼 우스운 일
도 없다.

"그러면 뭘 원하시는 겁니까?"

노형진은 미소 지었다.

"단 한 번의 지지 선언입니다."

"단 한 번의 지지 선언?"

"그렇습니다. 딱 한 번. 그 딱 한 번만 지지해 주시면 됩니
다."

해리 햄프셔는 눈을 찌푸렸다.

⚖️

"진짜로 그 조건을 받아들였군요."

로버트는 린지 라이스가 준 계약서를 보면서 미소 지었다.

그 지지 선언이 뭔지 모르는 상태에서 계약할 린지 라이스가 아니다.

그녀는 무조건적 지지 선언은 인정하지 않았고, 그래서 적당한 조건으로 협상했다.

일단 첫 번째는 미국 내 문제는 아닐 것.

두 번째, 국제적인 분쟁은 아닐 것.

세 번째, 미국의 국익을 해치지 않을 것.

네 번째, 린지 라이스와 민주당의 이익을 해치지 않을 것.

이 네 가지 조건들에 해당하는 건에 대한 지지 성명을 받아들였다.

"그만큼 린지 라이스가 게리 하워드에게 밀리고 있다는 것이지요. 아직 여자가 대통령이 되는 것에 대해 탐탁지 않게 생각하는 사람들이 많으니까요."

노형진은 혀를 끌끌 차며 말했다.

"그러면 이제 우리는 우리의 싸움을 하면 되겠군요."

그건 다름 아닌 게리 하워드와 프랭크 하워드의 파멸.

"그럼 시작해 볼까요?"

노형진은 그렇게 웃으며 자신의 핸드폰을 들었다.

그리고 미리 받아 둔 해리 햄프셔의 핸드폰 번호로 문자를 보냈다.

단어는 단 두 개.

아마르 카님이라는 이름과 관타나모라는 명사뿐이었다.

# 승자의 죄

이라크 전쟁은 미국이 승리한 전쟁이다.

물론 그 과정에 여러 가지 잡음이 많았지만 누가 뭐라고 해도 그건 미국이 승리한 전쟁이 맞았고, 누구도 부정할 수 없다.

"보통 승리하면 모든 게 다 사라진다고 생각하지요. 유명한 말이 있잖아요, 역사는 승자의 기록이다."

그러나 전범이라는 것. 그건 생각보다 훨씬 큰일이다.

그리고 전범이라는 것은 장군만 뜻하는 것은 아니다.

전범이란 말 그대로 전쟁범죄자를 뜻한다.

명령에 따라서 정상적인 교전을 한 병사들은 전범으로 인정되지 않는다. 전범은 일반적으로 포로에 대한 살인 행위나

학살 등을 벌인 사람이다.

"그리고 린지 라이스는 프랭크 하워드가 전범이라고 주장하고 있지요."

노형진이 준 정보는 너무나 명확했기 때문에 아마르 카님을 찾는 것은 어려운 일이 아니었다.

그가 있는 관타나모에 확인만 하면 되니까.

"그런데 의외군요. 미 국방부에서 그렇게 쉽게 그를 찾아줄 줄은 몰랐는데요."

"린지 라이스 역시 민주당 의원 중 한 명이고 강력한 대통령 후보 중 한 명이니까요."

로버트의 말에 노형진은 간단하게 설명해 주기로 했다.

"현재 권력은 민주당이 쥐고 있습니다. 그리고 차기 권력은 린지 라이스 아니면 게리 하워드 둘 중 하나가 잡겠지요."

"단순히 그것만으로 미 국방부가 그렇게 우호적으로 나온다고요?"

"단순히 그것 때문이 아니라, 이미 그걸로 게임이 끝났으니까요."

"네?"

"국방부도 바보는 아닙니다. 지금 민주당을 지지하고 있고 그들과 함께하고 있지만 그 안의 모든 사람들이 한 사람을 지지하는 건 아니거든요."

현재 민주당을 지지하는 장성들이 권력을 잡고 있는 것은 맞다.

하지만 그중 일부는 게리 하워드를, 다른 일부는 린지 라이스를 지지한다.

"한국도 마찬가지입니다. 모든 정치에는 계파라는 게 있습니다. 그건 미국도 다를 바 없지요."

"하긴, 그건 그렇지요."

인간이 사는 세계에 라인이라는 게 없을 수가 없다.

하물며 권력의 핵심인 미국의 대통령 선거에서 라인이 등장하지 않을 수가 없다.

"그러면 게리 하워드의 지지 세력은 그걸 감추려고 하는 게 정상 아닌가요?"

로버트는 그 부분이 이해가 가지 않았다.

게리 하워드의 지지 세력 입장에서는 이건 사실상 날벼락이나 마찬가지다.

이게 터져 나가면 막을 방법이 없다.

"게리 하워드가 미 국방부를 완벽하게 잡고 있다면 그게 가능합니다. 하지만 린지 라이스 계파 역시 그 안에 있다는 것이 문제지요."

군인은 완벽한 정치적 중립을 지켜야 하지만 그건 사실상 불가능하다.

물론 군 통수권자인 대통령의 명에 따라 움직이기는 하겠지만, 차기 대통령이 누가 되느냐에 따라 자신이 장관이 될 수도 있고 옷을 벗고 나갈 수도 있고 최악의 경우는 불명예 제대를 할 수도 있다.

미국은 한국과 다르게 불명예제대가 가능하며 그런 경우 이등병 전역인데, 장군이었던 사람에게는 이만저만 수치가 아니다.

"그 말은 게리 하워드 일파가 정보를 감추거나 한다고 해도 린지 라이스 일파가 정보를 줘 버리면 도리어 자기들도 날아간다는 걸 의미하지요."

"아하! 그렇군요. 통제가 완벽하게 되는 건 아니니까."

"맞습니다."

노형진은 로버트의 말에 수긍하면서 고개를 끄덕거렸다.

완벽하게 감출 수 있다면 좋겠지만 미국의 많은 장병들을 다 통제할 수는 없거니와 그러한 양심선언을 하는 사람을 막을 수도 없다.

"막고 싶다고 해도, 린지 라이스가 충분한 보상을 해 줄 테니까요."

그 정도 돈이면 평생 먹고살 수도 있을 것이다.

그러니 내부 고발을 막을 수는 없다.

"더군다나 막을 방법이 하나뿐이거든요."

"살인 말이군요."

"맞습니다. 죽은 자는 말이 없다는 말이 그냥 생긴 게 아니지요."

완벽하게 뭔가를 지우기 위해서는 아마르 카님을 죽여야
한다.

문제는 그렇게까지 했는데 드러났을 때다.

"이라크 전쟁은 2003년쯤에 끝났지요."

사담 후세인의 몰락으로 이라크 전쟁은 끝났고 그 후에 미
군은 철수했다.

"그 당시에 아마르 카님은 열여섯 살 소년이었습니다."

그리고 비밀을 감추기 위해 그는 지금까지 관타나모에 갇
혀 있다.

무려 12년이다.

열여섯 살의 소년은 이제 스물여덟 살의 청년이 되었다.

그런 그를 죽이면 과연 어떤 일이 벌어질까?

그 존재 자체를 지울 수 없다면 증거인멸이라는 죄도 생기
게 된다.

"그러니 미 국방부도 머리를 쓴 거죠."

그게 새어 나가면 게리 하워드는 끝이다.

"그러니 차라리 정보를 주고 린지 라이스와 좋은 관계를
유지하는 걸 선택한 겁니다."

노형진의 말에 로버트는 혀를 내둘렀다.

노형진의 말 몇 마디에 게리 하워드라는 대통령 후보가 이
렇게 무너지기 시작했으니까.

"그리고 우리는 그에 맞는 이익을 챙겨야겠지요."

노형진은 미소를 지으면서 소장을 꺼내 들었다.

"우리 게리 하워드 씨가 로비로 받은 돈이 많았으면 좋겠네요, 후후후."

⚖️

"최악이다."

게리 하워드는 소장을 받고 머리를 부여잡았다.

프랭크 하워드에 대한, 인종차별로 인한 손해배상.

그걸 가지고 노형진과 드림 로펌에서 손해배상을 청구한 것이다.

다른 사람도 아닌 프랭크 하워드, 전쟁 영웅이자 현 대통령 후보 아들의 인종차별 사건에 언론은 미친 듯이 달려들었다.

"의원님, 당장 언론사에서 기자회견을 요청하고 있습니다."

"오해가 있었다고 하고 지금 협상 중이라고 발표해요!"

"하지만 드림 로펌 쪽에서는 이번 사건에 합의는 없다고 못 박았습니다."

"그건 그냥 언론 플레이라고 해요!"

게리는 입술이 바짝바짝 말랐다.

민주당 쪽에서는 인종차별이라는 주제에 무척이나 예민하다. 그럴 수밖에 없는 게, 민주당의 많은 지지자들이 유색인종이기 때문이다.

공화당은 전통적 보수이다 보니 알게 모르게 백인 우월주의적 성향이 있는 게 사실이다.

그렇다 보니 이민자들이나 흑인들 또는 미국으로 들어온 사업가들은 민주당을 지지하는 경우가 많다.

그런데 대통령 후보의 아들이 인종차별주의자라면?

"지지율이 어마어마하게 떨어졌습니다."

보좌관이 참담한 얼굴로 말했다.

"얼마나?"

"대략…… 10% 이상입니다."

"젠장!"

얼마 전까지만 해도 자신이 근소한 차이로 린지 라이스를 이기고 있었다.

그런데 이제는 뒤집는 게 거의 불가능할 정도로 지지율이 떨어졌다.

자신을 지지하던 사람들 중 일부는 알게 모르게 이탈했고 유색인종 부자들은 공공연하게 일탈하겠다고 연락해 왔다.

"멍청한 자식 같으니."

게리 하워드는 자신의 아들인 프랭크를 욕했다.

상대방이 뭐라고 하든 절대 흥분해서는 안 된다.

그게 정치인의 덕목이다.

그런데 자신의 아들은 멍청하게 낚여서 발끈하는 바람에 일을 모조리 틀어 버린 것이다.

더군다나 그 노형진이라는 대리인이 한 말도 문제다.

"아마르 카님에 대해 그쪽에서 얼마나 알고 있는 것 같습니까?"

아마르 카님.

자신의 아들의 비밀을 감추기 위해 관타나모에 처박아 버린 아이.

그 실명이 나오자 게리는 소름이 돋았다.

"모르겠습니다. 도대체 어디서 정보를 얻었는지도 모르는 상황인지라……."

"젠장, 마이스터를 그렇게 적으로 돌리는 게 아니었는데."

어마어마한 정보로 정치계와 재계를 움직이는 게 바로 마이스터다.

그런데 다른 것도 아닌 아마르 카님에 대한 정보라니.

"후우, 그 남자는 어떻게 되었습니까?"

지난 10년간 그는 아마르 카님이라는 이름을 잊고 살았다.

아무것도 없는 이슬람 소년을 위해 움직이거나 조사할 사람은 없었으니까.

그런데 10년 만에 그 이름이 나타나다니.

"그게, 문제가 생겼습니다."

"문제? 무슨 문제요?"

"린지 라이스가……."

눈을 데굴데굴 굴리던 보좌관은 어쩔 수 없다는 듯 입을 열었다.

"국방부를 통해 관타나모에 아마르 카님이라는 죄수에 대해 질의를 해 왔습니다. 그리고 면담을 위해 이송이 가능한지 확인했습니다."

"뭐라고요!"

게리 하워드는 린지라는 이름에서부터 바짝 얼었다가 벌떡 일어났다.

"그게 사실입니까? 린지 라이스가 그걸 알았다고요?"

"네. 아마도 마이스터 쪽을 통해 정보를 얻은 게 아닌가 하고……."

"이런 멍청한!"

아들의 멍청한 행동이 결국 돌이킬 수 없는 심각한 문제를 일으켰다.

다른 건 그나마 다 넘어갈 수 있다.

설사 인종차별 문제가 터진다고 해도 선거에서 질지언정 자신의 정치생명이 끝나는 것은 아니다.

하지만 아마르 카님 문제는 전혀 다르다.

그게 터지면 자신의 정치생명이 끝나는 걸로 끝나지 않는다. 말 그대로 몰락하게 된다.

단순히 자기만 몰락하는 게 아니라, 정치 명문가라고 불리는 자신의 집안이 망하게 된다는 것을 의미한다.

"그걸 이제야 보고하면 어떻게 합니까!"

"하지만…… 그걸 다른 사람들 앞에서 보고하기가……."

"끄응……."

그 아마르 카님이라는 이름의 무게 때문에, 그걸 알고 있는 보좌관은 차마 보고하는 게 쉽지 않았던 것이다.

"지금이라도 막아 봐요!"

"하지만 의원님, 우리가 국방부 쪽에 뭔가를 요청할 상황이 안 됩니다. 더군다나 린지 라이스는 이미 아마르 카님의 존재 여부와 위치까지 확신하고 있습니다."

린지 라이스가 바보가 아니다.

섣불리 건드려서 그를 빼돌리게 하거나 기록을 은닉하게 하지는 않을 것이다.

"린지 라이스의 성향을 생각하면 그녀는 이미 아마르 카님의 존재에 관련된 증거를 비공식적으로 확인하고 미 국방부에 요구했을 가능성이 높습니다."

"크윽."

이런 문제는 쉽게 공격할 수 있는 성질의 것이 아니다.

만일 공격했다가 아니라고 하면 미국의 전쟁 영웅을 공격한 이상 어마어마한 역풍이 불어닥칠 테니까.

그럼에도 불구하고 린지 라이스가 공개적으로 자료를 요구한 것. 그건 관련 자료와 증인을 이미 확보했다는 것이다.

"알겠습니다. 이 문제는 제가 알아서 하지요."

보좌관을 내보낸 게리 하워드는 다급하게 누군가에게 전

화를 걸기 시작했다.

잠시 후 수화기 너머에서 중후한 남자의 목소리가 들려왔다.

"잘 지냈습니까, 러벨 장군?"

─오랜만이오, 게리 하워드 의원. 그런데 이 늦은 시간에 어쩐 일이오? 무슨 일이라도 터진 거요?

러벨 장군은 게리 하워드와 한배를 탄 미국 장성이다.

그는 이라크에서 장군으로 부대를 지휘했고 아들인 프랭크 하워드는 그의 아래에서 움직였다.

그리고 그 당시 이라크의 유물을 빼돌리는 데 프랭크를 이용한 인물이기도 했다.

물론 그 대신에 프랭크가 저지른 범죄를 은닉해 줬지만 말이다.

"린지 라이스가 아마르에 대해 알아차렸습니다."

─아마르? 그게 누구요?

너무나 오래전 일이기에 기억하지 못하는지 러벨은 의아한 듯 물었다.

"제 아들과 연관된 그 이라크 남자 말입니다."

─…….

순간 침묵이 흘렀다.

그 말만으로 러벨은 그가 누군지 기억해 냈기 때문이다.

─그놈에 대해 린지 라이스가 알고 있다고?

"그렇습니다. 장군."

―이건…… 상당히 곤란한 일이군요.

러벨은 당혹스러운 목소리로 말했다.

그럴 수밖에 없다.

아마르 카님이라는 이름은 그의 커리어를 작살내기에 충분했기 때문이다.

사건을 은폐한 것도 모자라서 손수 관타나모에 넣어 버렸으니까.

심지어 절대 풀어 주지 말라고 몇 번이나 신신당부했다. 아주 위험한 자라고 말이다.

"어떻게 안 되겠습니까, 장군?"

―그건 힘들 것 같소, 게리 의원. 관타나모는 절대 만만한 곳이 아니오.

일반 교도소라면 차라리 다른 범죄자를 이용해서 죽일 수라도 있겠지만 관타나모는 안 된다.

일단 워낙 많은 사람들이 감시원으로 배치되어 있기 때문에 누군가가 죄수를 죽이면 바로 보고가 올라간다.

그리고 아무리 미군이 명령에 죽고 명령에 산다고 하지만 이유도 없이 관타나모에 있는 죄수를 죽이려고 하지는 않을 것이다.

―만일 지금 그 녀석이 교도소에서 죽는다면 일이 심각하게 돌아갈 거요.

"그래서 걱정하는 겁니다. 그 녀석은 너무 위험합니다."

게리 하워드는 다급하게 말을 이어 갔다.

"아실 테지만 그 녀석에게 저뿐만 아니라 러벨 장군의 미래도 달려 있습니다."

-곤혹스러운 상황이군. 도대체 어떻게 정보가 샌 거요?

"그건 저도 모릅니다. 다만 마이스터 쪽에서 손을 쓴 건 확실한데……."

-끄응…… 마이스터…….

"왜 그러십니까?"

-그쪽 정보 라인은 도무지 감을 잡을 수 없어서 말이지, 우리도 모르는 정보가 툭툭 튀어나오니.

"차라리 그러면 그쪽 라인을 정리하는 게 좋지 않겠습니까?"

혹시나 하는 마음에 게리 하워드는 조심스럽게 물었다.

미군이 알게 모르게 암살 작전을 시행하는 것은 널리 알려진 사실이니까.

-나도 그러고 싶지. 하지만 그쪽은 CIA 쪽의 비호를 받고 있소.

"CIA요?"

-그렇소. 우리가 뭘 하기도 전에 그쪽이 알아차릴 가능성도 높은 데다가, 그 작자들이 눈깔이 돌아가면 우리도 여러모로 위험하거든.

"그 정도입니까?"

－그 녀석이 가진 정보가 어느 정도인지 알지 못하니까. 다만 정보부에서는 그들의 정보 능력이 국토안보부 이상이라 생각하고 있소.

"으음……."

게리 하워드는 신음을 냈다.

만일 그 말이 사실이라면 그도 건드릴 수 없다.

그들이 비밀을 까발리기 시작하면 그뿐만 아니라 미국 정치계가 작살날 테니까.

"하지만 그렇다고 아마르 카님을 놔둘 수는 없지 않습니까?"

　－그건 그런데…….

러벨 장군은 침음성을 삼켰다.

하지만 이내 뭔가에 생각이 미쳤다.

　－아마르 카님을 만나러 린지 라이스나 다른 사람들이 온 적 없소?

"없지요."

정치인들은 바쁘다. 누군가를 만나야 한다면, 특히나 죄수라면 그를 만나기 위해 갈 수는 없다.

시간은 없고 바쁘기는 엄청나게 바쁘니까.

그러니 불러오는 것을 당연시한다.

개인적으로 찾아가기에는 너무 멀기 때문이다.

미국 본토만 해도 찾아가려면 미친 듯이 오래 걸리는데 하물며 관타나모에 가려면 허가받는 데만도 한 세월이다.

－그러면 린지 하워드가 불러왔겠군.

"가는 동안에 습격하실 생각입니까?"

－그건 무리요. 아무리 나라지만 미군을 공격하라는 명령을 따를 사람이 있을 것 같지는 않고.

물론 할 사람이 있을지도 모른다.

하지만 그렇게 되면 자신은 안전을 위해서라도 그를 처분해야 한다.

미 장성이 아군을 공격하라고 하는 건 명백하게 반역이니까.

－어쩌면 수가 생길지도 모르겠군.

러벨의 목소리가 이루 말할 수 없이 낮아졌다.

⚖️

"아마도 게리 하워드는 아마르 카넘을 이송 중에 죽이려고 하겠지요."

존재가 드러난 아마르 카넘을 감출 이유가 없는 미 국방부는 이송을 약속했다.

하지만 노형진은 그 부분을 믿지 않았다.

"수를 쓸 거라 생각하는군요."

해리는 노형진을 찾아와서는 진지한 표정으로 말했다.

하긴, 지금 아마르 카님이라는 카드는 미국 역사를 뒤집을 정도의 위력을 가진 존재다.

미국의 전쟁 영웅이 사실은 전쟁범죄자라니.

"네. 해리 씨는 달리 생각하나요?"

"아뇨. 저라도 쓸 겁니다, 인생을 망치기 싫으면."

"그러니까 그 방법이 문제지요."

노형진은 느긋하게 말했다.

해리는 그런 그를 보면서 입술이 바짝바짝 말랐다.

"아는 게 있으면 말씀해 주십시오, 미스터 노. 린지 의원 님은 미스터 노의 도움을 잊어버릴 사람이 아닙니다."

노형진은 피식 웃었다.

물론 그러지는 않을 것이다.

그럴 수가 없다.

노형진은 마이스터 소속이니, 마이스터와 전쟁하기 싫으면 말이다.

"일단 기습은 아닐 겁니다."

"어째서 그렇게 확신하십니까?"

"제가 미국에서 그걸 몇 번 써먹었으니까요."

노형진은 미국에서 작전하면서 이송 중의 습격을 예상하고 미리 함정을 파 둔 적이 있었다.

당연히 그 습격자들은 파멸을 맞이했다.

"그러니 이번에도 습격을 예상하고 방어선을 짜 두리라고 생각하겠지요."

"두 번은 안 당한다 이건가요?"

"뭐, 비슷합니다."

노형진은 고개를 끄덕거렸다.

방어선을 못 짜 둘 건 아니다.

그리고 그런 모습을 조금만 보이면 그들은 습격하지 못한
다.

"그리고 미군을 미국 본토에서 습격하는 미친놈은 없겠지
요."

아무리 막장 범죄 조직도 미군을 대상으로 그런 짓은 못
한다.

"그리고 게리 하워드의 말에 따라 아마르 카님이 거기에
갇혀 있었다는 건, 장군 중 한 명이 그들과 밀접하다는 걸 의
미하고요."

"그렇잖아도 러벨 장군이 의심스러운 상황입니다. 그는
린지 라이스 의원이 여자라는 이유로 탐탁지 않게 생각하거
든요."

"뭐, 그게 누구든 부하를 동원해서 같은 미군을 습격하라
고는 못 합니다. 그건 반역이니까요."

미군에게 충성의 대상은 미국이지 장군이 아니다.

그러니 그런 명령이 떨어지면 최악의 경우 그 소식을 국방
부에 알릴 테니, 그게 누구든 반역죄를 피할 수가 없다.

"저라면 그 안에서 심어 두겠습니다."

"그 안에 심어 둔다고요?"

"작은 바늘 하나로 심장마비를 일으키는 건 어려운 일이 아니지 않나요?"

그런 독극물은 널리고 널렸다.

심지어 일반적인 독극물 검사에 걸리지 않는 물건도 있다.

"오로지 아마르 카님만 노린다는 거군요."

"그게 어려울까요?"

결국 이송하는 것은 병사들이다.

적당한 사람을 그 안에 넣는 것은 장군급에게 어려운 일이 아니다.

"그러니 저는 그걸 이용해야 한다고 생각합니다. 그 정도면 사실상 게임 끝 아닙니까?"

"으음……."

해리는 입술을 깨물었다.

노형진의 말대로라면 분명 내부에 적이 들어갈 것이다.

"그를 잡으면 그걸 시킨 장군과 그와 연결된 자들을 잡을 수 있겠군요."

"그와 연결된 사람들 중에는 게리 하워드가 있다는 것에 제가 100만 달러를 걸지요."

해리가 피식 웃었다.

"그러면 게임이 안 되는데요? 저도 거기에 걸고 싶거든요,

후후후. 그러면 어떻게 해야 할까요? 이유도 없이 병사를 잡을 수는 없지 않습니까?"

노형진이 미소 지었다.

"적을 속이기 위해서는 아군부터 속이라는 말이 있지요."

노형진은 눈을 빛내며 말했다.

"과연 게리 하워드가 얼마나 치밀할지 두고 볼 일이네요."

⚖️

캄캄한 새벽. 항공기 한 대가 군용 공항으로 착륙했다.

곧 항공기에서 내린 병사들은 두건을 뒤집어쓰고 수갑과 족쇄를 찬 사람을 인도해서 아무도 없는 공항 활주로로 내려왔다.

"모리슨 중위입니다."

비행기에서 내린 남자는 자신을 기다리고 있던 험비에 다가가서 경례를 하고 소속을 밝혔다.

"이쪽이 아마르 카님. 열두 건의 폭탄 테러의 용의자입니다."

"좋아. 수고했네, 모리슨 중위."

험비에 있던 존디 대위는 경례를 받고는 아마르 카님을 넘겨받았다.

공포에 부들부들 떠는 아마르 카님.

존디 대위는 그를 바로 험비에 태웠다.

"좋아, 바로 출발한다."

무려 험비 네 대. 그것도 완전 중무장한 인원이 경호하는 차량들이다.

미국 내에서 이 정도의 호송 작전이 벌어지는 경우는 드물었다.

"조심하십시오. 적들에 의한 구조 작전이 벌어질 수도 있습니다."

"미국 본토에서? 걱정하지 말게, 모리슨 중위. 그런 일은 없을 테니까."

존디 대위는 조수석에 탑승하고는 고속도로를 빠르게 달려 나가기 시작했다.

이제 아마르 카님은 연방 교도소의 독방 수감 공간에서 조사받게 될 것이다.

그렇게 멀어지는 차량을 바라보는 모리슨 중위.

그 뒤에서 어둠이 조금씩 움직이기 시작했다.

⚖

부아아!

험비들이 달려가는 소리가 새벽의 사막에 울리고 있었다.

두건을 뒤집어쓴 아마르 카님은 고통스러운 듯 신음을 흘렸고, 차량은 어느 사이엔가 사막 한가운데에 있었다.

이것이 법이다

"끄응…… 이 정도면 되지 않습니까?"

그런데 의외로 능숙한 아마르 카님의 영어.

힐끗 그를 바라본 존디 대위는 운전병에게 명령을 내렸다.

"세워."

"네?"

"세우라고."

"하지만 우리가 받은 명령은 멈추지 않고 연방 교도소까지 가는 것입니다, 대위님."

"명령이 바뀌었다! 세워!"

존디 대위의 말에 운전하던 병사는 눈을 찌푸렸지만 그 명령을 거부하지는 못했다.

그가 어쩔 수 없이 차를 세우자 존디 대위는 차에서 내려서 뒷좌석으로 갔다.

그리고 아마르 카님의 손에 채워진 수갑을 열쇠를 꺼내서 풀어 주기 시작했다.

"무슨 짓입니까!"

"명령에 위반되는 행위입니다, 장교님!"

순간 이상함을 눈치챈 다른 병사들이 슬그머니 총에 손을 올렸다.

호송이라는 것은 보호가 포함된 개념이다.

그런데 그 대상을 사막 한복판에서 풀어 주다니.

"미안하다. 하지만 방법이 없었다. 오늘 새벽에 갑작스럽게 명령이 바뀌었다."

"네? 그게 무슨 말씀이십니까?"

"지금 천천히 명령서를 꺼내겠다."

천천히 품에서 명령서를 꺼내는 존디 대위.

아무리 병사들이 자신들의 부하지만 쓸데없는 오해를 만들어 낼 수는 없기 때문이다.

"이건……?"

"오늘 새벽 인편으로 나에게 직접 전달된 명령서다. 모든 확인은 끝냈다."

그걸 받아 들고 읽어 보는 병사들.

그들은 눈을 찌푸렸다.

"우리가 미끼였습니까?"

"그래. 외부에서 습격이 있을지도 모른다는 정보하에 우리가 미끼 역할을 하게 되었다. 갑작스럽게 변경된 것은 내부에 스파이가 있다는 정보 때문이었다."

"그, 그런……."

전우들 중에서 스파이가 있다는 말에 다들 당황한 눈빛으로 서로를 바라보았다.

"지금 아마르 카님은 다른 호송 차량을 타고 다른 길로 호송 중이다. 우리 임무는 끝났다."

존디 대위는 그렇게 말하면서 아마르 카님, 아니 뒷좌석에 있는 남자에게 말을 건넸다.

이것이 법이다

"사이드 중위, 내려오지?"

"아이고, 갑갑해 죽는 줄 알았습니다."

두건을 벗으면서 내려오는 사이드 중위.

그 얼굴을 본 다른 병사들은 존디 대위의 말이 사실이라는 걸 알았다.

그들이 알고 있는 아마르 카님의 얼굴이 아니었으니까.

심지어 일부는 그를 알아보았다.

"사이드 중위님? 중위님이 왜 여기에?"

"아랍계 미군이 많은 건 아니니까."

어깨를 으쓱하는 사이드 중위. 그는 자신의 손을 들어서 보였다.

"손이랑 발 피부색을 바꿀 수는 없잖아?"

"끄응."

그랬다.

아랍계인 아마르 카님을 대신하기 위해 그가 미끼가 된 것이다.

"그런데 왜 사막 가운데서 알려 주시는 겁니까? 보통 미끼라고 해도 종착지까지는 가지 않습니까?"

"보통은 그렇지."

존디 대위는 고개를 끄덕거렸다.

보통은 그렇다. 하지만 이번은 그럴 수가 없었다.

"그 배신자가 중간에 아마르 카님을 살해할 가능성이 높았으니까."

"네? 그게 무슨 말씀이십니까?"

"안 그런가, 밥 브라운 병장?"

존디 대위의 말에 모두의 시선이 한쪽으로 향했다.

일부는 당장 무기를 꺼낼 준비를 하기도 했다.

그리고 지금까지 아마르 카님의 옆에 있던 밥 브라운이라 불린 남자는 당황했다.

"무슨 말씀이십니까, 대위님? 저는 제 임무에 충실했습니다."

"그래. 그런데 아까부터 왜 그렇게 똥 씹은 얼굴인가?"

"그거야, 우리가 미끼가 되었다고 하시니까……."

"그렇단 말이지."

존디 대위는 그에게 말했다.

"밥 브라운 병장, 차렷!"

"네?"

"차렷이라고 했다!"

어쩔 수 없이 밥 병장은 차렷 자세를 잡았다.

그런 그에게 다가간 존디 대위는 거칠게 그의 팔을 들어 올렸다.

"이게 뭔가?"

"시계입니다, 대위님."

"그래?"

존디는 피식 웃으며 시계를 들었다.

그리고 힐끔 보더니 밥 병장의 얼굴에 들이밀었다.

"그러면 내가 이 버튼을 눌러도 되겠군."

"네?"

"그렇지 않은가? 여기에 있는 이 타임 버튼을 내가 눌러도 문제가 없겠지. 안 그런가, 밥 브라운 병장?"

그러자 갑자기 밥의 얼굴에서 식은땀이 흐르기 시작했다.

그걸 본 다른 병사들의 얼굴에서는 엄청난 배신감과 실망감이 흘렀다.

"밥! 네가 어떻게!"

"브라운 이 개새끼!"

"크윽……."

밥은 저항이라도 하기 위해 무기에 손을 올리려고 했지만 다른 병사들이 더 빨랐다.

결국 포기하고 손을 머리 위로 올리는 밥.

그는 자신의 대장이었던 존디 대위를 바라보면서 씁쓸하게 물었다.

"어, 어떻게 알았습니까?"

"어떻게 알았냐고?"

"네."

"몰랐다."

"네?"

"몰랐다. 그냥 찔러본 거야."

그 말에 밥 브라운의 얼굴은 사정없이 일그러졌다.

⚖️

"정확하군요. 내부에 적이 있었어요."

"간단한 거지요. 그게 누군지 알 수는 없지만 자기 사람을 보낼 테니까."

노형진은 해리와 이야기하면서 미소 지었다.

"현실적으로 암살까지 진행할 정도의 사람이 1개 부대로 포섭된다는 건 무리가 있지요."

당연히 적게는 한 명, 많아 봐야 세 명 정도일 것이다.

"그런데 당장 이송해야 합니다. 그러면 보통은 가장 가까이에 있는 병력을 이용해야 정상입니다."

하지만 노형진은 해리에게 외부에서 지원하러 오는 병력이 있는지 확인하라고 했다.

그리고 존디 대위의 병력은 주변 부대에 비해 좀 떨어진 곳에 있던 병력이었다.

"호송이 중요하기는 하지만 미국 내에서 특별히 강한 부대는 필요 없지요."

"그건 그렇지요. 더군다나 존디 대위의 부대는 딱히 강한 부대는 아니니까."

일반적인 보병 전력일 뿐이다.

"그러면 답이 나오지요."

그 안에 있는 누군가를 이용해서 아마르 카님을 암살하려고 한다는 것.

그리고 그 누군가가 문제가 된다.

"그건 당연히 아마르 카님과 가장 가까이에 있게 될 사람일 겁니다."

다른 차량에 있는 사람은 불가능하고, 결국 아마르 카님과 같은 차량에 타는 사람들 중 한 명이다.

"일단 운전사는 불가능하지요."

그리고 존디 대위는 조수석에 앉으니까 그도 불가능하다.

"그러면 아마르 카님을 가운데에 두고 앉는 양쪽 중에서 한 명이라는 거지요."

"그래서 따로 위치 지정을 하지 말라고 한 거군요."

"맞습니다."

장교가 탑승 위치를 지정하지 않으면 병사들이 알아서 정한다.

"그리고 병장이면 미국에서는 상당한 위치지요."

병장이었던 밥 브라운은 자신이 아마르 카님의 옆에 앉겠다고 이야기했고, 그 말은 그가 배신자라는 의미였다.

"그런데 그 시계가 의심스러운 건 어떻게 아신 겁니까?"

"그냥요."

"그냥?"

"독극물이 묻어 있는 바늘입니다. 그걸 들고 다닐 수는 없지요."

당연히 어딘가에 담아 둬야 하는데, 까딱 잘못하면 자신도 찔릴 수 있다.

"영화에서는 보통 볼펜을 쓰는 것 같던데요."

하지만 그건 영화다. 호송 중에 볼펜을 꺼낼 수는 없는 노릇이다.

"하지만 시계라면 충분히 가능하지요."

그래서 노형진이 혹시 시계가 있다면 잘 살펴보라고 조언한 것이다.

"결국 잡혀 들어간 거군요."

"네. 이제 게임은 끝났습니다."

해리는 자신 있게 말했다.

"우리 린지 라이스 의원님이 차기 대통령이 될 겁니다."

노형진은 그저 싱긋 웃을 뿐이었다.

'과연 그게 될까요, 후후후.'

보물 사냥꾼

–게리 하워드 의원의 아들인 프랭크 하워드의 전쟁범죄에 대해
국방부는 충격을 금치 못하고 있습니다. 린지 라이스 상원 의원은
세습적 권력이 부른 비참한 사건이라며⋯⋯.

노형진의 함정에 빠진 게리 하워드는 비참하게 몰락했다.

원래 역사보다도 더 빨리, 그보다 훨씬 더 심하게 몰락했다.

그를 따르던 추종자들은 재빨리 선을 갈아타려고 했지만
선거에 대비해서 온갖 매체에 얼굴을 비친 터라 그게 결코
쉬운 일은 아니었다.

"게리 하워드 입장에서는 억울하겠습니다."

로버트는 혀를 끌끌 찼다.

"그렇겠지요."

지금 노형진이 건 인종차별 소송은 아무것도 아니게 되었다.

프랭크 하워드가 전쟁범죄자, 그것도 동성 강간이라는 죄목으로 잡혀간 것도 치명적인데, 그걸 은닉하기 위해 십수 년간 미성년자를 관타나모에 가두어 뒀다는 것은 미국이 발칵 뒤집어질 만한 일이었다.

"미 국방부도 이번 건 때문에 곤혹스러운 모양이더군요."

"아무래도 그들은 린지 라이스보다는 게리 하워드를 밀어 줬으니까요."

딱히 다른 이유가 있었던 건 아니다.

다만 린지 라이스가 여자고, 아무리 세상이 바뀌었다고 하나 군대는 무척이나 남성적인 조직이기 때문에 그저 여자가 통수권자가 되는 게 거북스러워서였다.

'다만 이게 나비효과가 나타나지 않기를 바라야겠지만.'

린지 라이스가 대통령이 되면 그때 나비효과는 미국이 아니라 전 세계로 퍼지게 된다.

한국의 대통령이 바뀌는 것과는 비교도 할 수 없을 만큼 심각하게 세상이 바뀔 거다.

'한국도 내가 아는 것과 많이 달라졌으니.'

자유신민당이 막장 당이기는 하지만 그래도 원래 역사보다는 좀 더 나은 상황이다.

노형진 때문에 골수 꼴통들이 많이 정리되었기 때문이다.

"그나저나 왜 이렇게 조용히 보자고 하신 겁니까? 우리가 만난다고 해서 이상하게 생각할 사람도 없는데요."

아무도 없는 공간.

노형진은 그를 데리고 한인 타운에 있는 노래방에 왔다.

노래방은 외부에서 감시가 불가능하기에 노형진이 비밀리에 이야기할 일이 있을 때마다 자주 찾아오는 공간이었다.

랜덤하게 찾아가는지라 미리 카메라를 설치하는 것도 불가능하니까.

"사실은 프랭크 하워드가 전쟁 영웅이 된 것에 대한 문제입니다."

"네? 아, 그러고 보니 그 문제가 있었지요."

이유는 모르지만 프랭크 하워드는 전쟁 영웅이 되었다.

전쟁 영웅으로 취급받기에는 그가 한 행동이 부족했는데 말이다.

"저는 그의 전쟁범죄에 대해서만 신경 쓰고 있어서 깜빡했네요. 그런데 그게 왜 문제가 되는 건가요? 애초에 프랭크 하워드는 이제 끝났습니다만."

고개를 갸웃하는 로버트.

노형진은 그런 로버트에게 나지막하게 말했다.

"그 당시 미군이 막대한 이라크의 보물들을 빼돌렸습니다."

"저번에 말씀하신 그 이야기로군요. 하지만 정확한 정보는 아니지 않습니까?"

애초에 전쟁 통에 사라진 어마어마한 이라크의 보물과 후세인의 재산은 어디로 갔는지 추적 자체가 불가능했다.

보물은 유통 자체가 쉽지 않고 후세인의 보물은 대부분 현금이나 보석 아니면 금이었다.

그 금액은 수조 원대가 될 거라고 예상하고 있지만, 전쟁 이후에 마치 마법처럼 사라졌다.

그 당시 이라크는 경제제재를 받고 있는 상황이었기 때문에 이라크의 독재자였던 사담 후세인은 자신의 재산을 현물화해서 보관할 수밖에 없었다.

"아마 그 안에는 이라크의 유물뿐만 아니라 다른 나라의 유물도 있을 거라고 생각합니다."

"그런데 그거랑 이번 사건이 무슨 관계가 있는지 모르겠네요."

고개를 갸웃하는 로버트.

그러나 이어지는 노형진의 말에 얼굴에 심각함이 깃들었다.

"프랭크 하워드가 그 당시 책임자입니다."

"네?"

"이런 작전은 믿을 만한 사람을 써야 하지요."

그리고 프랭크 하워드는 상당히 믿을 만한 사람이다, 정치적으로도 권력적으로도 연결된.

"저희 정보에 따르면 그 사고가 난 건 순찰로가 아닙니다. 공식적으로는 순찰로라고 이야기했지만 말입니다."

"공식적으로는 순찰로가 아니라고요?"

"네. 그 당시 프랭크 하워드는 후세인의 재산을 빼돌리는 중이었습니다."

프랭크 하워드는 비밀리에 이라크의 보물과 후세인의 재산을 빼돌리는 책임자 중 한 명이었고, 그 당시 그는 비밀로 취급되는 공간에 그 물건들을 옮기던 중이었다.

"그러다가 대전차지뢰를 밟은 거지요."

순찰로에 대전차지뢰를 까는 게 기습 방법이기는 하지만 다른 곳에 지뢰가 없다는 말은 아니다.

이라크는 사막 지형이 많고, 그런 곳은 전차가 활개 치기 가장 좋은 공간이다.

"그래서 그 당시 이라크군은 어마어마한 양의 대전차지뢰를 깔았지요. 미군을 막아야 하니까요."

"으음......."

"그런데 그게 문제입니다. 안 걸렸으면 모르지만 걸렸다는 거요."

아무리 국방부라지만 인명 피해가 난 이상 보고를 하지 않을 수가 없다.

미국은 아군 병력의 피해에 대해 무척이나 예민하게 굴기 때문이다.

"그런데 거기에다 대고 '보물을 빼돌리다가 사망자가 발생했습니다.'라고 할 수는 없지요."

"그래서 영웅이 된 거군요."

"맞습니다."

정부와 정치인들의 시선을 다른 곳으로 돌리기 위해서는 무언가가 필요하다.

그게 바로 프랭크 하워드의 영웅 만들기였다.

"미국에서 영웅이라는 존재는 거의 신성불가침이니까요."

만일 미 국방부에서 영웅으로 인정해서 훈장을 주자고 하는데 그걸 거부한다면, 영웅을 푸대접하는 것으로 보일 수 있기 때문에 대부분의 정치인들은 거부하지 않는다.

훈장이 쉽게 나오는 것도 아니니까.

"그리고 그렇게 한번 훈장을 받은 영웅이 나오면 행사가 계속되니까요."

당연히 그 모든 행사에 시선이 쏠리면서 사건 자체는 흐려지게 된다.

"결국 미 국방부가 원하는 대로 보물은 감춰지게 되는 거지요."

"으음……."

로버트는 심각한 표정이 되었다.

하지만 그는 자산 전문가로서 미국 소속의 각 부처들이 비밀리에 자산을 확보하기 위해 움직인다는 걸 알고 있었다.

"만일 그 말이 사실이라면 미 국방부는 어마어마한 자산을 확보한 셈이군요."

"맞습니다."

"그런데 그걸 왜 여기까지 와서 이야기하시는 건지요?"

현 상황에서 그들이 가지고 간 것을 따지거나 돌려 달라고 할 수는 없다.

"사실은 그거, 국방부가 가지고 가지 못했습니다."

"네?"

목소리를 높였던 로버트는 순간 자신의 입을 막았다.

그리고 다시 나지막하게 노형진에게 물었다.

"그 말이 사실입니까? 미 국방부에서 그걸 가지고 오지 못했다고요?"

"사실입니다. 미 국방부에서 그걸 빼돌릴 틈이 없었지요."

"어째서요?"

"그 당시에 이라크 파병군이 얼마나 빠르게 철수했는지 기억 못 하십니까?"

"그랬나요?"

"네, 그때 상황이 안 좋았지요."

이라크 전쟁은 올바른 전쟁은 아니다.

그 당시 대통령이었던 부시가 무리하게 일으킨 전쟁이었다.

부시는 이라크가 대량 살상 무기를 가지고 있다고 주장하면서 전쟁을 일으켰지만, 정작 이라크에 대량 살상 무기는 없었다.

아니, 도리어 없다는 증거가 나타났지만 정치인들과 부시가 그걸 고의적으로 무시한 것으로 드러났다.

그 당시 한국을 제외한 많은 나라들이 지지하기는 했지만 힘이 있는 서방 국가들은 이라크 전쟁에 반대했고, 심지어 전쟁의 원인조차 미 정부가 잘못된 정보만 받아들여서 벌어진 거라고 알려지자 미 정부는 곤혹스러운 상황이 되어 버렸다.

"하긴, 그 당시를 생각하면 완전 수렁에 빠진 거나 마찬가지였지요."

미군은 기동전 위주의 전력을 이용해서 이라크를 무너트렸지만 후세인 정권이 사라진 후에 이라크는 사방에서 게릴라전이 벌어지는 판국이 되어 버렸고, 미국은 수렁에 빠져서 그 안에서 허덕거렸다.

그 당시 매년 수백 명의 사상자가 이라크에서 발생했고 이라크 파병 명령을 받으면 탈영이 심심찮게 벌어졌다.

말 그대로 그 당시 미국은 이라크라는 수렁에서 빠져나가지 못했다.

심지어 바로 그것이 당시 권력을 잡았던 공화당이 권력을 잃어버리는 이유가 되기도 했다.

"그 당시 그 상황에서 미군은 그걸 빼돌릴 방법이 없었던 걸로 보입니다."

양은 어마어마한데 그걸 운송할 만한 병력이 없었으니까.

"그리고 그 상태로 다급하게 철수했지요."

노형진의 말이 계속될수록 로버트는 심각한 얼굴이 되었다.

"그리고 거의 동시에 ISIS가 생겼습니다."

이슬람 국가라고 주장하는 ISIS. 속칭 IS는 이라크 전역을 점령하고 온갖 패악질을 벌였다.

노형진이 그걸 알기에 그 유물을 보호하기 위해 그곳의 유물들을 알게 모르게 구입한 것이기도 했다.

"그러니 그 후에 가지고 나올 방법이 없어진 거군요."

노형진의 말이 끝나자 로버트는 상황을 알 것 같다는 듯 고개를 끄덕거렸다.

"그렇지요. 조사에 따르면 그 지역은 현재 IS의 주요 점령지 중 한 곳입니다."

그들은 보물이 감춰진 것도 모른 채로 온갖 패악질을 하고 있다.

"그걸 가지고 오려면 못해도 대대 이상의, 그것도 기갑부대 이상의 화력을 가진 병력을 파견해야 합니다. 하지만 현재 미국은 그럴 생각이 전혀 없지요."

이라크에서 그렇게 질리도록 허우적거린 미국은 IS의 영역에 절대로 병력을 넣을 생각이 없다.

"그러면 그 후세인의 보물들은?"

"아직 이라크에 있습니다."

"흐읍!"

로버트는 벌떡 일어나서 노래방 안을 빙빙 돌았다.

못해도 몇조 원 대의 보물이 아무도 모르게 감춰져 있다.

그리고 그 소유권을 주장할 사람은 아무도 없다.

"IS는 유물이라고 하면 무조건 때려 부수고 있습니다."

그러니 그들에게 발각되면 모조리 박살 나는 것은 당연한 일.

"당연히 후세인의 감춰진 재산도 모두 전쟁자금으로 동원 되겠지요."

"심각한 문제가 되겠군요."

물론 자신들에게는 다른 의미로 심각한 문제다.

"그러면 미스터 노는 그 보물을 가지고 오고 싶으신가 보 군요."

"맞습니다. 어차피 주인 없는 보물 아닙니까?"

미 국방부에서 '그건 제 겁니다.'라고 할 수도 없는 노릇이 다.

그랬다가는 미 국방부가 이라크에서 약탈했다는 걸 인정 하는 꼴이 되어 버리니까.

"그렇다고 지금 '이것은 이라크의 보물입니다.'라고 해 봐 야 뭐, 박살 날 게 뻔하고요."

IS는 역사적 식견이라고는 전혀 없다.

그 보물이 이슬람의 보물이냐 아니냐로 판단해서 아니라 고 하면 그 가치와 상관없이 모든 것을 박살 낸다.

"하지만 위험한데……"

로버트는 입술을 깨물었다.

다른 곳도 아닌 이라크다.

현재 이라크는 IS의 본진이나 마찬가지다.

물론 세력이 많이 줄었다고 하지만, 그렇다고 해서 개인이 안전하게 돌아다닐 수 있는 공간도 아니다.

"포기하기에는 너무 아쉽지요?"

"아쉬운 정도가 아닐 겁니다. 못해도 몇 조 단위의 보물일 테니까요. 저는 대략 2조에서 3조 사이라고 생각합니다."

후세인의 재산뿐만 아니라 이라크의 보물들이 모조리 들어가 있을 테니까.

물론 그건 경매를 제대로 해서 처리했을 때의 이야기지만.

"그걸 미국에다가 이야기하면……."

"어떻게 해서든 빼앗겠지요."

사실 그 정도 보물이라면 미국이 우격다짐으로 밀고 들어갈 수 있는 수준이다.

그걸 가지고 오는 데 충분한 병력을 투입하면 IS는 접근도 못 할 테니까.

"그래서 이야기하려고 모신 겁니다. 그걸 가지고 오고 싶거든요."

"미스터 노가 그걸 탐낼 정도로 재산이 없는 건 아니지만……."

로버트는 심호흡을 하고는 조용히 이야기했다.

"그냥 둬 봐야 결국 둘 중 하나군요. 미국에 빼앗기거나 IS에 빼앗기거나."

"맞습니다."

노형진은 그 당시 그걸 운송했던 프랭크 하워드의 기억을 읽어서 정확한 위치를 알고 있다.

'문제는 그게 하필이면 IS의 핵심 지역 중 하나란 말이지.'

자신의 힘으로는 어떻게 할 수가 없다.

"군사 기업은 못 쓸 겁니다."

로버트는 한참을 노래방 안을 빙빙 돌다가 떨리는 가슴을 가라앉히고는 자리에 앉았다.

그리고 노형진을 보면서 차분하게 말했다.

"미국의 군사 기업의 가장 큰손은 미 정부입니다. 그런 정보는 우리가 이야기하는 순간 미국으로 넘어갈 겁니다."

그리고 미군은 대단위 부대를 구성해서 싹 쓸어 갈 테고 노형진은 손가락만 빠는 형국이 될 것이다.

"토마호크는 무리입니다."

토마호크. 그들은 노형진이 만든 인디언 군사 기업이다.

하지만 그들은 활동 지역이 제한되어 있는 데다가 아무리 무장이 잘되어 있다고 해도 그건 어디까지나 갱단에 대항해서의 수준이지 진짜 전쟁터인 이라크에 가기에는 한참 부족하다.

당장 제대로 된 장갑차나 정찰할 헬기 같은 게 전혀 없으니까.

"이거…… 어떻게 하지요?"

얼굴이 핼쑥해지는 로버트.

"그래서 말입니다만, 이번에 제가 한국에 영향력을 좀 발휘할까 생각 중입니다."

"네? 그게 무슨 말씀이신지?"

"전 세계에서 전투 훈련을 받은 병력을 단시간 내에 가장 빠르게 모병할 수 있는 나라가 어디일까요?"

"한국이군요."

노형진의 말에 로버트는 고개를 끄덕거렸다.

한국은 최소 1년 6개월, 길게는 3년까지 군 생활을 한 예비 자원들이 잔뜩 있다.

"그리고 현재 한국은 경기가 안 좋습니다. 직장을 못 구해서 난리지요."

"설마, 공식적으로 한국에서 모집한다는 말입니까?"

"네, 맞습니다."

"하지만 미군에 그 이야기가 들어갈 텐데요?"

"그걸 아는 사람은 없지요."

그걸 아는 사람들은 대부분 감옥에 가 있다.

그리고 감옥에서 한국에서 벌어지는 일을 알 수는 없다.

"그리고 우리가 안다고 할 이유는 없지요."

공식적으로는 이라크에서 보물찾기를 한 인원을 모집한다고 하면 된다.

"위치를 아는 것과 보물찾기를 하는 건 전혀 다르니까요."

"하긴, 그러네요. 실제로 그렇게 보물을 찾으려고 하는 자들이 많은 것도 사실이니까요."

로버트도 사담 후세인의 보물에 관한 이야기는 엄청나게 많이 들었다.

실제로 그의 재산이 어디로 사라졌는지 확인할 방법이 없기 때문이다.

"이라크가 한국에서는 여행 금지 국가이지만, 다른 나라를 통해 입국하는 것도 불가능한 것은 아닙니다."

노형진은 차분하게 말을 이어 갔다.

"충분한 조건만 맞춘다면 아마 지원자들은 많을 겁니다."

노형진은 눈을 반짝거렸다.

그런 노형진의 표정을 본 로버트가 알겠다는 듯 피식 웃었다.

"그걸 저희 쪽에서 지원해 주기를 바라시는군요."

"맞습니다. 정확하게는 만들어지는 보물 탐사 팀을 지원해 주시면 됩니다. 아무래도 마이스터에서 지원해 준다고 하면 신뢰도가 높아지니까요."

"하지만 그래도 문제가 있습니다."

노형진의 말이 맞는다고 하면 그 한 번의 탐색으로 어마어마한 이득이 생길 것이다.

그러나 그렇다고 해도 여전히 문제가 되는 게 있다.

"무기는 어디서 구합니까? 아무리 저라고 해도 무기는 못 구합니다. 설마 트럭 하나 몰고 거기에 가시려고 하는 건 아니죠?"

노형진은 씩 웃었다.

"그건 잘 아는 사람이 있습니다. 아주 잘 알지요, 후후후."

남상진은 입을 벌렸다.

평소에 거의 표정 변화가 없는 남상진이지만 이번 건은 놀라지 않을 수가 없었다.

"이라크의 보물? 후세인의 감춰진 재산? 그걸 찾겠다고? 네놈 미쳤냐?"

"왜? 불가능해?"

"불가능하냐고? 당연히 불가능하지! 미군도 못 찾은 거야!"

'미군이 못 찾은 게 아니라 미군이 감춘 거지.'

노형진은 그렇게 말하면서 피식 웃었다.

"누차 말하지만 넌 브로커잖아. 이유나 원인을 따질 이유는 없지 않나?"

"장난하는 거냐, 지금 이 무기 규모를 확인하고도?"

넘겨받았던 서류를 다시 내미는 남상진.

"2.5세대급 이상 전차가 최소 네 대, 장갑차가 스물네 대,

트럭이 쉰 대, 소총이 300정, 수류탄 오백 개. 거기에다 유탄 발사기, 지대공미사일, 대전차미사일, 중기관총 저격용 라이플까지."

노형진의 자료를 넘기던 남상진는 입을 악물고 말했다.

"이 정도면 거의 1개 대대 이상은 무장시킬 수 있다."

"알아. 나도 그 정도 예상하고 있고. 설마 내가 떼먹을까 봐?"

"떼먹는 게 문제가 아니야. 네 말은, 이 병력을 이끌고 이라크를 횡단한다는 거잖아?"

"그래."

"미쳤군."

물론 이 정도 병력이라면 IS도 접근하는 게 쉽지는 않을 것이다.

"하지만 IS가 가만두고 볼 리가 없지 않나?"

"그렇지."

노형진은 고개를 끄덕거렸다.

"그래서 이렇게 무장이 필요한 거고. 마음 같아서는 오스프리도 구하고 싶은데 말이지."

"미치겠군."

고개를 절레절레 흔드는 남상진.

노형진과 일하면서 그가 미친 짓을 많이 한다고 생각은 했다.

하지만 진짜 이 정도 규모의 미친 짓을 하는 건 처음이었다.

"어쩔 생각인 거냐?"

"그걸 찾으면 한국으로 가지고 와야지."

"한국으로?"

"그래. 어차피 주인 없는 보물이야. 찾을 수만 있다면 한국에 어마어마한 영향력을 주겠지."

"단순히 그거냐?"

"단순히 그거야."

만일 2조 원대의 재산이 한국으로 들어오고 노형진이 그걸 집행할 수 있다면?

한국은 노형진의 눈치를 어마어마하게 볼 수밖에 없다.

'여러모로 불편하기도 하고 말이지.'

노형진이 어마어마한 자산가이기는 하지만 그렇다고 해도 한국에서 마음대로 쓸 수 있는 돈이 많은 건 아니다.

기본적으로 미다스는 베일에 싸인 존재이고, 그의 재산 집행은 마이스터를 통해 이루어진다.

"하지만 이건 한국에서 모집해서 한국에서 직접 투자할 돈이지."

'그리고 그 과정에서 약간의 자금 세탁을 할 수도 있고.'

그 말은 한국에서 쓸 수 있는 자금이 늘어난다는 걸 의미하며, 동시에 한국에서 노형진의 사회적 영향력이 어마어마하게 커진다는 걸 의미한다.

"여기서 일하다 보면 별의별 미친놈을 다 보지만 너 같은 미친놈은 없었다."

"그래서 불가능해?"

"나 혼자는 불가능하다."

그는 아시아와 미국 쪽의 브로커지 이라크 쪽은 전혀 상관 없는 사람이다.

더군다나 탱크는 전혀 다른 문제다.

소총이야 어떻게 구한다지만 탱크와 장갑차라니.

"소련제 탱크가 많은 걸로 아는데?"

"미국산도 좀 있을 거다."

"뭐?"

"미국이 후퇴하면서 버리고 가거나 이라크 재건 정부에 준 게 있거든."

물론 그 이후에 그건 모조리 외부에 몰래 팔려 버렸지만.

"하지만 처벌은 어쩔 거냐? 한국 정부에서 가만있진 않을 텐데."

현행법에 의하면 여행 금지 국가에 가는 경우 1년 이하의 징역이나 1천만 원 이하의 벌금에 처하게 된다.

"그거 절대 실형은 안 나와."

"어째서?"

"무려 2조대 이상의 현금 자산이 한국으로 들어올 기회야. 한국 정부에서 처벌해서 그걸 해외로 돌릴 것 같아?"

아마도 고작해야 몇백만 원 정도의 벌금에서 끝날 게 뻔하다.

"하긴, 변호사니까 그건 알아서 하겠지."

남상진은 진지한 얼굴로 말했다.

"모든 건 현금으로. 그리고 만일 반품하는 경우 원가의 50% 가격에."

"아주 떼돈을 벌어라."

"이건 큰 건이다. 이 정도 건수를 하려면 다른 브로커를 통해야 해."

그리고 그 브로커는 절대 남상진보다 약하지는 않을 것이다.

오히려 훨씬 클 수밖에 없다.

"그쪽은 위험한 놈들이야. 충분한 돈이 들어가지 않으면 내 목이 날아간다."

"그렇게 위험한 놈들이야?"

"IS가 뭐 돌 던져서 전쟁하는 놈들인 줄 아냐?"

"하긴."

그들도 탱크나 대전차미사일, 지대공미사일까지, 없는 게 없다.

그걸 공급할 정도의 브로커라면 전 세계적인 규모이고 또 그만큼 잔인한 인간이라는 소리다.

전 세계에서 IS의 범죄를 모르는 사람은 없으니까.

"거래도 없던 내가 그들과 일하려면 현금으로, 그것도 웃돈을 듬뿍 주는 수밖에 없다."

"알았다."

노형진은 고개를 끄덕거렸다.

그로 인해 몇천억이 나갈 테지만 그 정도는 감당할 수 있는 수준이었다.

"추가로 더 구할 수 있는 게 있다면 부탁하지."

노형진은 씩 웃으며 말했고, 그런 노형진을 보면서 남상진은 눈을 찡그렸다.

"네놈 때문에 하루빨리 은퇴해야 하는 거 아닌지 모르겠군."

"그러면 내가 취업할 자리는 알아봐 주지, 후후후."

얼마 후 한국은 한 가지 뉴스로 발칵 뒤집어졌다.

후세인의 감춰진 보물을 탐사하기 위한 탐사 요원을 모집한다는 뉴스였다.

인터넷으로 돌기 시작한 소문은 광고가 올라가면서 확정되었고, 그 어마어마한 보수에 사람들은 관심을 가지지 않을 수가 없었다.

"기본 보수가 1억. 보물을 찾으면 수당으로 또 2억. 거기에다가 사망하면 2억이라니."

어마어마한 금액에 다들 눈을 크게 떴다.

"하지만 장소가 이라크잖아. 그 막장에 간다고?"

고개를 갸웃하는 사람들이 있는 반면, 반대로 그걸 보고 심각하게 고민하는 사람도 있었다.

"성민 아빠, 다시 생각해 보면 안 돼요?"

아이를 안고 있는 여자가 다부진 몸을 가진 남자를 보고 애원하듯 말했다.

"이라크잖아요! 무슨 일이라도 나면 어쩌려고요?"

"하지만 방법이 없잖아!"

수년간 국가에 충성했지만 그에게 남은 것은 빚뿐이었다.

특전사로 온몸을 다 바쳤지만 병에 걸리자 정부에서는 가차 없이 그를 잘랐다.

그 이후에 취직하려고 했지만 그는 군인이라 다른 건 해 본 적이 없었기에 수년째 취직도 못 하고 허송세월만 보냈다.

그 상황에서 전투병을 구한다는 광고는 그의 목숨 줄이나 마찬가지였다.

"더군다나 진짜로 돈을 구하면 그걸로 회사를 만든다잖아."

그리고 지원자들이 최우선 고용 대상이라고 하니 어쩌면 미래도 안정적으로 잡을 수 있을지도 모른다.

"하지만 여보."

"여보, 내가 군인이었던 건 알잖아. 군인은 원래 전쟁이 벌어지면 싸우러 가야 한다고. 지금도 마찬가지야. 다만 소속이 국가에서 내 가족으로 바뀌었을 뿐이고."

결심한 듯 강하게 말하는 남자.

"이번이 아니면 기회가 없어. 애초에 난 군대 말고는 다른 건 전혀 생각도 안 했어. 이제는 취업도 못 한다고. 그렇다고 우리가 작은 가게라도 할 수 있는 상황도 아니잖아?"

그러고 싶지만 그럴 수가 없는 것이 현실이다.

"이건 우리에게 남은 유일한 기회야."

남자의 말에 아내는 고개를 숙였다.

"걱정하지 마. 난 안전하게 돌아올 테니까."

그는 제발 그럴 수 있기를 하늘에 기도했다.

"생각보다 많군요."

로버트는 지원자들을 보고 혀를 끌끌 찼다.

사실 전쟁터 한복판으로 가야 한다는 점 때문에 지원자들이 많을 거라고 생각하지 않았다.

그런데 그런 로버트의 생각과 다르게 지원자들이 너무 많아서 어쩔 수 없이 그중 일부만 데려가야 하는 상황이었다.

"지금 한국 상황이 별로 안 좋거든요."

노형진은 안타깝게 말했다.

"한국에 이런 말이 있지요. 청춘은 돈으로 살 수 없다. 하지만 청년은 돈으로 살 수 있다."

쉽게 말해서 돈만 있다면 청년을 도구처럼 갈아 넣을 수 있다는 것이다.

이것이 법이다

"그나마도 최저임금이지요."

청년들에게 빚은 엄청나게 늘어났다.

과거에 대학 학비는 부모가 감당할 수 있는 수준이었지만 지금은 대학생과 부모 양쪽 다 빚을 내지 않으면 학교에 다닐 수 없는 수준이 되어 버렸다.

"그런 상황에서 취업한다고 해도 청년들에게는 미래가 없지요."

버는 족족 학자금 대출로 나가 버리고 그걸 갚을 때쯤이면 또 결혼을 위해 빚을 져야 한다.

"지금의 대한민국은 젊은 사람들을 쥐어짜서 빚으로 버티는 나라나 다름없습니다."

노형진은 씁쓸한 표정으로 말했다.

"그리고 그걸 이번에 바꿔 볼 생각이고요."

"설마 빚을 갚아 주기라도 하실 겁니까?"

"아니요. 좀 다릅니다."

노형진은 미소를 지으며 웃었다.

"그건 나중 문제이니까. 일단 사람들을 골라내 보지요."

워낙 지원자들이 많기 때문에 노형진과 로버트는 그 안에서 제대로 된 지원자들을 찾아내야 했다.

노형진의 예상대로 대부분의 사람들은 인생이 극한으로 몰려서 자신의 목숨을 걸고서라도 돈을 벌어야 하는 상황이었다.

"이거 참, 씁쓸하네요."

결국 목숨을 걸고 돈을 벌기 위해 온 사람들조차도 골라내야 하는 비참한 현실.

"그렇다고 다 데리고 갈 수는 없지 않습니까?"

"그건 그렇지요."

결국 다급한 사람과 또 능력 있는 사람 그리고 책임감이 강한 사람 위주로 뽑을 수밖에 없었다.

"서류는 이 정도면 충분한 것 같은데요."

노형진은 착잡한 표정으로 쌓여 있는 서류를 바라보았다.

누군가는 탈락하고 누군가는 합격했다.

그리고 탈락한 사람들은 더 절망할지도 모른다.

'한국이 어쩌다 이렇게 된 건지. 하긴, 가난은 나라님도 못 구한다고 하기는 했지.'

하지만 그래도 청년이 목숨을 걸어야 하는 현 상황이 노형진은 마음에 들지 않았다.

"가능하면 빨리 움직여야겠네요."

"네? 그럴 필요가 있습니까?"

로버트는 깜짝 놀랐다.

하지만 이내 이유를 알 수 있었다.

"이런 유의 작전은 시간을 끌어 봐야 소문만 도니까요."

물론 지금도 보물을 찾아다니는 사람은 많다.

하지만 그래도 이렇게 대대적으로 찾는 사람은 드물다.

더군다나 이라크 내부에 직접 진입한다는 것 자체가, 어떻게 보면 핵심적인 정보를 얻었다는 걸 의미하기도 하니까.

"결과적으로 말하면 현 상황에서 가장 좋은 건 빠르게 치고 빠지는 거지요."

"하지만 그게 쉽지 않을 텐데요."

"걱정하지 마세요. 저도 나름의 방법이 있으니까요."

노형진은 슬쩍 웃으며 말했다.

⚖

이라크로 가는 길이 쉬운 건 아니었다.

하지만 못 갈 것도 아니었다.

특히나 한국 정부에서는 이라크에 입국하는 경우 처벌하겠다고 협박 아닌 협박을 했지만 그 협박에 포기하는 사람은 없었다.

"전쟁터에 가겠다고 자발적으로 나설 정도면 어차피 인생 막장이니까요."

노형진은 전차장 노릇을 하는 남자의 말에 고개를 끄덕거렸다.

"그건 그렇지요. 여기에 온 사람들 중에서 절박하지 않은 사람이 어디에 있겠습니까?"

그도 사기를 당해서 방법이 없어서 여기로 왔다.

사기당한 사람, 태생적으로 흙수저인 사람, 부모의 병원비로 인해 어쩔 수 없이 온 사람 등등 많은 사람들이 이라크로 한탕을 꿈꾸며 왔다.

　"그래도 그 미다스라는 분도 상당한 투자하셨네요."

　"그렇지요."

　적지 않은 무기를 구입했다.

　그 비용만 무려 200억이 넘는다.

　"하지만 그 이상의 보물을 찾을 수도 있으니까요."

　"그랬으면 좋겠네요."

　남자는 그렇게 말하면서 자신이 배정받은 전차를 바라보았다.

　농담처럼 명동 한복판에서 인원을 구하면 한 시간도 안 되어서 탱크를 굴린다고 하더니, 탱크를 운영할 수 있는 사람들이 적지 않았기에 운영 요원을 구하는 건 어렵지 않았다.

　"다만 이건 진짜 의외군요."

　"드론 말이지요?"

　"네. 도대체 이게 몇 대입니까?"

　족히 백 대는 넘는 드론들.

　심지어 그걸 충전하기 위해 차량 한 대는 아예 발전기들을 가지고 다니기까지 했다.

　"가능하면 최대한 싸움을 피해야 하니까요."

　노형진은 여기에 미군이 감춰 둔 보물을 가지러 온 거지,

전쟁을 하거나 이라크 해방이라는 거창한 꿈을 가지고 온 게 아니다.

"당연히 주변을 감시해야지요. 비행기가 없는 이상 드론이 최선입니다."

단순히 날아다니는 정도가 아니라 망원렌즈까지 달려 있는 최고급 드론들이다.

이 장비만 있으면 수십 킬로미터 바깥에서도 적들의 움직임을 감시할 수 있다.

"그러면 그들이 움직이기 전에 대비할 수 있지요."

노형진은 드론이 가득한 차량을 보면서 입맛을 다셨다.

"물론 얼마나 먹힐지는 모르지만요."

"중요한 건 대비할 수 있다는 것 아니겠습니까? 그런데 노형진 변호사님은 왜 여기에 오신 겁니까? 굳이 오지 않으셔도 되는 거 아니었습니까?"

노형진은 고개를 흔들었다.

"누군가는 책임져야 합니다. 그리고 저는 책임을 피하고 싶지 않습니다."

어찌 되었건 사지인 전쟁터로 사람을 보내는 일이다.

노형진은 뒤에서 누군가의 목숨으로 편하게 뭔가를 하고 싶은 생각이 전혀 없었다.

'더군다나 무슨 일이 일어날지 모르는 일이니까.'

만일 무슨 일이 벌어진다면 노형진의 사이코메트리 능력

이 도움이 될지도 모른다.

노형진이 미처 알아내지 못한 무슨 비밀의 문 같은 것이 있을지도 모르고 말이다.

"누군가 책임자가 있어야 조직은 제대로 돌아갑니다."

"그건 그렇지요."

더군다나 노형진이 같이 가면 노형진이 미다스라는 의심은 더더욱 사라진다.

설마 아쉬울 게 없는 미다스가 전쟁터에 같이 갈 거라고는 생각도 못 할 테니까.

"보물도 보물이지만 안전이 최우선입니다."

노형진은 어느 때보다 무거운 얼굴로 그렇게 이야기했다.

"무조건 살아 돌아가는 것만 생각합시다."

노형진의 말을 들은 사람들은 굳은 얼굴로 고개를 끄덕거렸다.

보물을 찾아서

노형진의 부대는 이라크의 사막을 가로지르고 있었다.

짧은 적응 훈련 기간을 거치고는 바로 이라크로 들어왔다.

물론 대한민국 외교부에서 게거품을 물었지만 노형진은 애초에 신경도 쓰지 않았다.

그들이 원하는 건 국민의 안전이 아니라 그냥 시끄러운 게 싫은 것뿐이니까.

"의외군요. 들어오자마자 바로 때려잡을 줄 알았더니."

한국에서 대대적으로 광고했으니 IS에서도 노형진 일행이 오는 것을 모를 리가 없다.

그럼에도 불구하고 국경선은 조용했다.

"우리가 넘어오는 위치를 몰라서 그럴까요?"

애초에 국경은 무너졌고 국경을 지키는 국경 수비대라는
건 사라진 지 오래니까 그럴 만도 했다.

"그것도 그거지만, 내심 우리가 보물을 찾아내기를 원하
고 있겠지요."

"네? 어째서요?"

"그들은 그 보물이 어디에 있는지 모르니까요."

노형진은 광활한 사막을 보면서 말했다.

"IS는 현재 여러모로 불리한 싸움 중입니다. 그중 하나가
바로 자금 부족이지요. 몇조 원대의 자산입니다. 그게 있으
면 IS의 명줄이 길어지겠지요."

당연히 IS는 그걸 찾으려고 할 수밖에 없다.

"문제는 그들도 그게 어디에 있는지 모른다는 거지요."

그러니 찾을 수 있을 리가 없다.

애초에 IS가 이라크 전역을 점령하고 싹 쓸었는데도 없다
는 것은, 아주 훌륭하게 감춰져 있다는 소리다.

"그러니 그들은 찾을 자신이 없겠지요."

"그러면 우리를 그냥 두는 이유가……."

노형진과 함께 부대 지휘를 담당하게 된 차영진 중령이 잔
뜩 긴장한 얼굴로 물었다.

그는 군에서 내부 고발을 했다는 이유로 해직당했고 그 후
에 군에 의해 핀치에 몰린 상황이었다.

그 타개책으로 보물 탐색에 지원한 것이다.

"우리가 그 위치를 확실하게 알고 있다고 생각할 테니까요. 애초에 위치를 알지도 못하는 상황에서 이 정도 병력을 구성하고 들어오는 미친놈은 없지요."

"아아."

바다에서 보물을 찾는 것과는 다르다.

바다에서 보물을 찾는 것은 그저 배 한 척이면 충분하지만, 이런 전쟁터로 오기 위해서는 충분한 무기가 있어야 한다.

"이처럼 무기에 병력을 구비했다는 건 우리가 보물이 어디에 있는지 알기 때문이라고 추측하는 게 어렵지 않을 겁니다."

그러니 IS는 당연히 그걸 빼앗으려고 할 테고, 그걸 위해 이쪽을 감시하고 있을 가능성이 높다.

"물론 멀리서 감시할 겁니다."

"하지만 드론에 잡힌 건 없는데요."

"일단 지금 막 들어왔으니까요."

노형진은 시계를 슬쩍 바라보고는 말했다.

"아마 우리가 움직이기 시작하면 금방 모습을 드러낼 겁니다."

노형진은 확신했다.

"그들 역시 욕심을 가진 인간이니까요."

⚖

노형진 일행이 이라크로 들어선 지 대략 여섯 시간쯤 지난 시점에서 드디어 IS가 모습을 드러냈다.

물론 그들은 자신들이 발각된 것도 모를 것이다.

10킬로미터 바깥에서 조용히 차량 세 대로 따라올 뿐이었으니까.

"드론이 없었다면 우리도 몰랐겠군요."

드론은 하늘 높은 곳에서 최대 3킬로미터 거리까지 날아갈 수 있고 줌 카메라를 통해 표적을 확인할 수 있다.

10킬로미터면 탑승 인원은 확인할 수 없지만 차량의 종류 정도는 확인할 수 있었다.

"일반 다인승 SUV라고 한다면 최대 다섯 명이 탈 수 있으니 최대 열다섯 명이겠군요."

노형진은 그렇게 말하고는 자신을 따라오는 사람들을 바라보았다.

이쪽 인원은 무려 이백 명이다.

저쪽에서 그 병력으로 제압하는 것은 불가능하다.

더군다나 그들이 타고 있는 무기는 개조된 것도 아닌 일반 SUV다.

"아마도 기껏해야 RPG-7 정도일 테니까 화력에서는 게임이 안 될 테고."

그러면 저들이 추적하는 목적은 뻔하다.

이쪽에서 보물을 찾으면 부대를 불러서 공격하기 위한 것이다.

"지금이라도 제압할까요?"

차영진의 말에 노형진은 고개를 흔들었다.

"그건 타초경사의 우를 범할 뿐입니다. 저들은 우리가 자신들을 찾아내지 못했다고 생각하고 있습니다. 그런데 저들을 기습하면, 아마도 우리가 보물을 찾아내는 걸 기다리는 대신에 우리를 제압하고 고문하는 쪽으로 방향을 바꿀 겁니다."

그들은 극단주의자들이지만 전략적으로 아예 바보는 아니다.

그런 놈들이었다면 애초에 미국과 각국의 등살에 싹 밀려갔어야 했다.

하지만 그들은 최소한 이런 사막에서 싸우는 법을 잘 알고 있고 또 이쪽을 만만하게 보고 있었다.

그런 만큼 이쪽에서 저들을 건드려서 섣불리 움직이게 할 필요는 없다.

일단 이쪽이 불리한 것은 사실이니까.

"그냥 무시하고 직진합시다."

"그런데 그 말씀하신 장소에 진짜로 있는 거 맞습니까?"

"맞습니다."

노형진은 확신했다.

만일 그곳을 다른 누군가가 이미 털어 갔다면 손해가 크겠지만, 프랭크 하워드의 기억을 봐서는 그곳을 찾아낼 수 있는 사람은 거의 없다고 봐도 무방했다.

"애초에 이라크는 지하에 군사시설이 엄청나게 많지요. 그중 하나입니다."

"그건 유명하지요."

이라크는 미국에 숱하게 두들겨 맞았다.

아버지 부시 역시 이라크 전쟁을 일으켰고 신나게 두들겨 맞았다.

그리고 아들 부시는 결국 이라크를 무너트리고 사담 후세인의 목을 날려 버렸다.

"사담 후세인은 바보가 아닙니다. 북한과 마찬가지로 지하에 기지를 만드는 형식으로 미군의 공격을 막으려고 했지요."

미국의 공군 전력은 세계 제일이고 미국이 공격할 때 가장 선호하는 것이 바로 공군이기 때문에 사담 후세인은 사방에 지하 기지를 만들었다.

"다만 그가 벙커 버스터를 몰라서 문제였죠."

벙커 버스터는 미군 내에서도 기밀에 들어가는 무기였고, 기껏 만들어 둔 그런 지하 기지는 벙커 버스터 한 방에 날아가 버리곤 했다.

"그리고 그곳은 그렇게 만든 기지 중 하나입니다."

철저하게 기밀로 만들어진 곳이고 미군들 중에서도 그곳을 아는 이는 없었다.

그래서 미 국방부는 그곳을 비밀 금고로 운영하기로 결정했다.

"그곳을 찾는 건 어렵지 않습니다. 다만 그 이후에 꺼내는 것이 문제지요."

노형진의 말에 차영진은 얼굴이 딱딱하게 굳었다.

그 말은 교전을 피할 수 없다는 걸 의미하니까.

"과연 우리가 이길 수 있을까요?"

"이길 수는 있을 겁니다. 다만 그때까지 저들의 혼을 쏙 빼놔야 한다는 게 문제지요."

노형진은 미소를 지으며 말했다.

⚖

노형진은 이번 작전을 빠르게 하기를 원했다.

하지만 빠르게 한다고 해서 무조건 그 보물 창고로 달려갈 생각은 없었다.

그 대신에 사막을 돌아다니면서 쓸데없이 기름을 태웠다.

그 과정에서 이라크의 주민들을 만나기도 했지만 대부분은 군부대를 보자마자 도망가기 바빴다.

그들의 입장에서 이 지역에 있는 지상 전력은 IS뿐이고, 그들에게 잘못 보이면 운 좋아야 죽는 거고 운 나쁘면 죽기 직전까지 고문당하다 산 채로 참수될 수밖에 없기 때문이다.

물론 생각지도 못한 문제도 있었다.

"알라 후 아크바르!"

"미친 새끼!"

머리 위로 날아가는 총알.

자신들을 따라오는 IS 세력은 모르지만 통제되지 않는 IS 세력도 있었고, 그들은 노형진 일행을 발견하자마자 고래고래 소리를 지르면서 달려들었다.

"방향 3-5-2 발사!"

쾅! 소리와 함께 전차에서는 포탄이 날아가고, 무조건 소리를 지르면서 달려들던 개조 장갑차 하나가 박살 나면서 그대로 주저앉았다.

하지만 그들의 공격은 멈추지 않았다.

"저 미친놈들은 뭡니까? 우리 숫자가 안 보인대요?"

보병에 장갑차에 탱크까지 있다.

화력으로 싸움이 안되는 걸 알면서도 그들은 마치 부나방처럼 달려들었다.

"저 앞에 뭔가가 있나 봅니다."

"네? 뭐가 있다고요?"

"모르지요. 하지만 뭔가 있으니까 저렇게 미친 듯이 달려들지 않겠습니까?"

노형진이 대답하는 순간 날아온 총알이 '타타탕!' 하면서 방탄유리에 튕겨 나갔다.

"어쩔 수 없군요. 완전 제압합시다. 탱크 두 대만 남기고 나머지는 전진합니다."

"저들을 제압하지 않고요?"

"저들이 탱크를 상대할 수 있을 거라 생각하시나요?"

"그건 아니지만……."

차영진도 안다.

저들의 화력으로는 탱크를 상대하지 못한다.

물론 탱크만 덩그러니 있는 거라면 가능할지도 모른다.

하지만 노형진은 바보가 아니다.

"쉰 명만 남기고 우리는 바로 직진합시다."

"직진요?"

"저들이 뭘 감추려고 하는지 모르겠지만, 싸움이 안된다는 걸 알면서도 달려들었습니다. 그건 시간을 끌겠다는 거지요."

"아하!"

시간을 끈다는 것은 뭔가를 은닉하거나 도망가야 한다는 소리다.

"그들이 그냥 있었다면 모를까 선공을 한 이상, 우리도 가만히 있을 수는 없습니다."

"하지만 따라오는 놈들이 그냥 있을까요?"

"그냥 있을 겁니다. 아마도 파벌이 다를 테니까요."

"파벌?"

"네. 자기네 파벌이면 공격을 막을 수 있었겠지요."

하지만 공격을 막지 못했다.

그 말은 파벌이 다르다는 걸 의미한다.

"그러니 구경만 할 겁니다."

그 순간 '쾅!' 소리가 들리면서 다른 차량 하나가 또 날아 갔다.

차량으로 이동하는 건 아무래도 탱크의 표적이 된다고 생 각한 건지 멀찌감치에서 정차한 차량에서 보병들이 내렸고 그들은 이쪽을 향해 소총이나 로켓을 쏘면서 공격했다.

"급하게 온 것 같네요. 다행히 박격포도 없나 봅니다."

만일 박격포라도 있었다면 이쪽이 곤란할 뻔했는데 없는 모양이었다.

"알겠습니다. 그러면 저들을 제압하는 병력만 두고 나머 지는 움직이도록 하겠습니다."

차영진은 부대를 나눠서 바로 통솔했고 선두 부대는 급가 속하면서 현장에서 이탈했다.

당황한 IS군은 다급하게 따라오려고 했지만 뒤에 남은 탱 크와 보병이 그걸 가만두고 볼 리가 없었고, 그나마 따라오 려고 하던 차량은 일행을 뒤따라오는 포탄에 맞아서 작살나 버렸다.

"확실히 뭔가 있나 보군요."

노형진은 눈을 찌푸리고 무기를 확인했다.

그들이 기를 쓰고 보호하려고 하는 대상이 뭔지는 알 수 없지만 그곳에 경호 병력이 없을 것 같지는 않았으니까.

"보입니다! 정지! 정지!"

그때 뒷좌석에서 드론을 조종하던 조종사가 뭔가를 발견하고는 다급하게 소리를 질렀다.

"뭔가? 적들이 공격해 오나?"

"그건 아닙니다. 다급하게 대피 준비를 하고 있습니다만, 전차입니다."

"전차?"

"네. 아무래도 2세대급 전차인 것 같습니다만. T-55 전차로 추정됩니다."

"T-55라고요?"

"네."

노형진은 그게 좋은 건지 몰랐기에 차영진을 바라보았다.

그 시선을 받은 차영진은 별거 아니라는 표정으로 말했다.

"구소련의 전차입니다. 2세대급으로, 우리가 가진 무기와 비교하면 깡통이나 마찬가지입니다."

"그렇군요."

노형진은 안도의 한숨을 내쉬었지만 걱정도 되었다.

"그런데 IS에 전차가 많지는 않은 걸로 알고 있는데요."

IS의 전차는 발견 즉시 폭격의 대상이 되기 때문에 IS는 그걸 철저하게 감춰 두고 있었다.

그런데 그게 발견되었다는 것은 전차를 동원해서까지 지켜야 할 만한 뭔가가 있다는 것이다.

"좀 더 가까이 갈 수 있습니까?"

"어렵지 않습니다."

조종사는 드론을 이용해서 마을 안쪽을 감시했고 얼마 지나지 않아서 사람들을 발견했다.

그들을 살피던 그는 자신도 모르게 눈을 찡그렸다.

"민간인들입니다."

"민간인들? 민간인들이 왜 거기에 있지요?"

전쟁터 한복판에 민간인이 있다?

물론 그럴 수도 있다. 이라크는 이제 전역이 전쟁터니까.

하지만 난리가 나면 집에 들어가서 피신하는 게 보통이지 마을 한구석에 있지는 않는다.

"잠시만요."

드론 조종사는 카메라의 줌을 확 당겼고, 곧 어렵지 않게 그 사람들의 상황을 알 수 있었다.

"어…… 이 사람들 다 여자 같은데요?"

"여자요?"

"네. 모여 있는 사람들은 죄다 부르카를 입고 있습니다."

부르카. 이슬람 국가에서 여자들이 입어야 하는 옷으로, 전신을 가리는 복장이다.

그래서 IS가 망하고 도망칠 때 그걸 입고 도망가려고 한 놈들도 있었다.

'하지만 그럴 상황이 아니니.'

노형진은 화면을 넘겨받아서 눈을 찡그렸다.

그리고 길게 한숨을 내쉬었다.

"노예시장."

"네? 그게 무슨 말씀입니까?"

"노예시장이라니요?"

"IS에게 여자는 그냥 성욕을 푸는 노예일 뿐입니다."

실제로 마을에 쳐들어가서 젊은 여자를 다짜고짜 끌고 나와서 강간하고 팔아먹는 게 그들이었고, 심지어 여학교에서 강제로 여학생들을 납치해서 팔아먹기도 한다.

"말은 많았지요."

노예가 있다면 그걸 거래하는 곳도 있어야 한다.

물론 개개인으로 거래할 수도 있겠지만, 대량으로 약탈하고 다니는 놈들이니 도시라도 하나 털면 거기서 끌고 온 여자들을 팔려고 노예시장을 만들 수도 있었다.

'미군은 결국 발견하지 못했지만.'

사실 발견할 수가 없었다.

미군은 지난 이라크전의 악몽 때문에 오로지 폭격만으로 모든 걸 해결하고 싶어 했으니까.

"어, 음……."

좌중에 침묵이 흘렀다.

노예시장에 잡혀 있는 사람들이 불쌍하기는 하다.

하지만 그 사람들을 구출하는 것은 그들의 책임이 아니다.

그들은 보물을 찾으러 왔지 구출 작전을 하러 온 게 아니니까.

'어쩐다⋯⋯.'

노형진은 고민했다.

뭘 선택해도 찝찝한 상황.

그런데 그 결정을, 차영진이 쉽게 내려 줬다.

"소탕해야 합니다."

"피해가 있을지도 모르는데요?"

"하지만 우리가 여기서 그냥 물러나면 저들은 전열을 가다듬어서 다시 추적해 올 겁니다."

"아, 그렇겠네요."

IS의 복수심은 어마어마하다.

그들은 분명 노형진의 일행에게 복수하고자 할 것이다.

"소탕하고 따라오는 병력을 줄이든가, 하다못해 추적을 못 하게 해야 합니다."

차영진의 말이 맞다.

이동하다가 벌어진 일이라지만 뒤에 따라오는 놈들이 많아지면 여러모로 복잡해진다.

"그러면⋯⋯."

노형진은 입술을 깨물었다.

"이건 목숨이 걸린 일입니다. 쓸데없는 싸움에 끼어들게 하는 것은 제 권한이 아닙니다. 다수결로 결정합시다."

노형진은 마음을 굳혔다.

결국 다수결로 그들을 소탕하기로 했다.

모두가 군을 다녀온 사람들이기에 뒤에 적을 두고 가는 게 얼마나 멍청한 일인지 알고 있었기 때문이다.

그사이 뒤에 따라오던 다른 병력까지 합류하면서 완전하게 전력을 되찾게 된 노형진의 부대는 가장 먼저 적 탱크를 노렸다.

"조준. 1-3-3. 날탄 발사!"

'쾅!' 소리와 함께 날아간 포탄은 대기하고 있던 IS의 전차를 그대로 주저앉게 만들었다.

"바로 차량을 노리세요!"

노형진의 명령에 각 전차는 머리를 휙휙 돌려서 차량을 하나씩 박살 냈고, IS 멤버들은 비명을 지르면서 집 안으로 뛰어들어 갔다.

하지만 그들은 그게 실수라는 걸 알지 못했다.

"확인 완료. 가까운 건물부터 포탄 발사!"

탱크에 포탄은 넘쳐 나게 있었고 트럭에도 한가득 포탄이 있었다.

그렇게 포탄이 건물을 하나씩 박살 내며 그 안에 숨어 있는 IS의 전사들을 학살하기 시작하자 그들은 다급하게 다시 건물 바깥으로 나왔다.

—저격 팀 위치 확인 완료. 대상에 대한 무차별 저격 실시합니다.

노형진은 그들이 바깥으로 나오도록 한 후에 저격으로 처리할 속셈이었기에 이미 언덕에 저격 팀을 배치한 후였고, 저격 팀은 한 명씩 IS 전사들을 사살했다.

"돌격하지 않으십니까?"

"멍청하게 접근할 생각은 없습니다."

노형진은 고개를 흔들었다.

"우리 목적은 보물입니다. 그 과정에서 노예를 구출하면 좋긴 하지만, 그러기 위해 여러분들을 사지로 몰 생각은 없습니다."

그들은 가족을 위해 목숨을 걸고 여기까지 왔다.

노형진의 책임은 그들을 안전하게 돌려보내는 것이었다.

"돌격하는 게 멋있기는 하지요. 하지만 그랬다가 죽어도 보험료도 안 나옵니다."

"감사합니다."

차영진은 그런 노형진을 보면서 나지막하게 감사의 인사를 건넸다.

보통 돌격을 가장 먼저 명령하는데 노형진은 그렇게 생각하지 않은 덕분에 그들은 안전하게 싸울 수 있었다.

"IS가 도망갑니다."

보이지도 않는 위치에서 쏴 대는 통에 질려 버린 적들은 다급하게 마을을 버리고 도망가기 시작했고, 그들 앞에는 광활한 사막이 펼쳐져 있었다.

차량을 가지고 도망가고 싶어도 차량이 모조리 박살이 났으니 그들은 결국 죽어라 발로 뛰는 수밖에 없었다.

"많이 놓쳤네요."

"아까도 말했지만 적을 잡는 것보다 우리 안전이 우선입니다."

노형진은 그렇게 말하면서 사람들을 데리고 마을로 내려갔다.

완전무장한 병력이 나타나자 마을 중앙에 있던 여자들은 바짝 얼어붙었다.

"우리는 해코지하지 않습니다. 우리는 여기를 지나갈 뿐입니다. 각자 고향으로 돌아가시거나 지금 도망가시기 바랍니다."

노형진은 조심스럽게 영어로 말했다, 물론 알아들을 것 같지는 않았지만.

그런데 몇몇 사람들이 벌떡 일어났다.

"구해 주세요! 제발 구해 주세요!"

"응?"

그들은 다급하게 이쪽으로 뛰어왔다.

그러자 다들 서둘러 총을 그쪽으로 돌렸다.

이라크 상황은 너무 개판인지라 여자라고 해서 자살 폭탄 테러를 하지 말라는 법은 없었으니까.

그러자 달려 나오던 여자들이 다급하게 부르카를 벗었다.

그리고 그 아래서 나타난 모습에 노형진은 당황했다.

"당신들 누굽니까?"

아무리 봐도 백인의 얼굴이었기 때문이다.

"제발 여기서 저희를 데리고 나가 주세요! 제발!"

노형진에게 매달리는 여자들, 아니 아이들.

노형진은 그들을 보고 눈을 찌푸렸다.

"좋게 끝나지는 않을 겁니다."

"차라리 감옥에 가도 좋으니까 제발 여기서 꺼내 주세요, 흑흑흑."

그 아이들은 눈물을 흘렸고, 노형진은 일이 꼬였다는 생각에 긴 한숨을 쉬었다.

⚖️

결국 고향으로 돌아가겠다는 사람들은 제외하고 합류를 원하는 스물두 명의 여자가 노형진 일행에 끼어들었다.

다행히 트럭에 여유가 있어서 끼어 앉는 데에는 문제가 없었다.

"저 여자들 뭡니까?"

차영진은 고개를 갸웃하며 물었다.

아무리 봐도 결코 중동 사람은 아닌 외모를 가진 여자들이 갑자기 나타나다니?

"아마 한국에는 잘 알려지지 않았겠지만요, IS는 일부 불만이 많은 아이들을 포섭해서 끌어들였습니다."

"그건 저도 알고 있습니다. 그런데 여자들이 왜 여기서 뛰어나온 겁니까?"

"그렇게 속아서 온 사람들이 남자만 있는 건 아니니까요."

"네? 그러면 저 아이들은……?"

"아마도 그렇게 속아서 온 아이들일 겁니다."

그 여자들의 말로는 뻔하다.

여성 인권이라고는 진짜 개똥만큼도 없는 ISIS다.

결국 그들은 IS 대원들의 성 노리개가 되어서 노예처럼 팔리게 된다.

그들이 생각하는 자랑스러운 이슬람 전사라는 것은 없다.

애초에 이슬람은 여자 손에 죽으면 천국에도 못 간다고 생각할 정도로 여자를 무시하는데 그들에게 무기를 줄 리가 없다.

"들어와서야 현실을 안 거지요."

아마도 원래 역사에서는 그들이 팔려 나갔을 것이다.

그런데 노형진이 기습하면서 일이 꼬이게 된 것이다.

"확실한 겁니까?"

"확실합니다."

노형진은 그 여자들의 무리에서 익숙한 얼굴 두 명을 발견했다.

회귀 전에 이슬람에 투신한 여자아이들이었다.

원래 프랑스인이었던 그녀들은 나중에 이라크군에게 구출, 아니 체포되기는 하지만 프랑스는 반역자를 다시 받아줄 수 없다고 했기에 결국 이라크군에 의해 20년 형을 선고받았다.

아무리 성 노예 취급을 받았다고 하지만 자발적으로 IS에 가담한 것은 심각한 전쟁범죄였기 때문이다.

'방송에서 제발 집으로 돌려보내 달라고 빌었지.'

하지만 프랑스는 단호했다.

노형진이 아는 건 거기까지였다.

'여기서 보게 될 줄은 몰랐지만.'

노형진은 불편한 시선을 바깥으로 돌렸다.

일단 도망간 놈들이 다른 병력을 끌고 올지도 모른다.

하지만 그때쯤이면 이미 노형진 일행은 이곳을 이탈한 후일 것이다.

"나가떨어지는군요."

드론 조종사는 피곤한 눈을 비비면서 화면을 넘겼다.

마지막 남은 차량이 결국 따라오지 못하고 멈추는 것이 보였다.

"빙고."

노형진은 그걸 보고 그제야 미소를 지었다.

"애초에 이 사막 한복판에 주유소는 없을 테니까요."

당연히 저들은 따라오던 중에 기름이 다할 수밖에 없다.

물론 그들도 예비 기름을 가지고 있겠지만, 아예 트럭으로 가지고 다니는 노형진과는 비교할 수 없을 것이다.

"시간을 벌었군요. 바로 금고로 가지요."

나가떨어졌으니 자신들을 추적하지는 못할 테고, 결국 자신들이 짐을 트럭에 옮길 수 있는 시간을 구할 수 있다.

"갑시다."

노형진의 말에 운전병은 액셀을 강하게 밟으면서 차량을 선도해 나가기 시작했다.

⚖️

"여기라고요?"

그저 산밖에 없는 공간.

금고는커녕 인공 구조물이라고는 하나도 없어 보이는 공간이었다.

"확실한 겁니까?"

차영진도 의심스럽다는 듯 말했다.

아무리 봐도 이 언덕에 뭔가 있을 것 같지는 않았으니까.

"여기 맞습니다."

노형진은 기억에서 봤던 주변 지형지물을 발견하고는 확신했다.

여기가 원래는 사담 후세인의 지하 기지이자 미 국방부가 보물을 감춰 둔 곳이라는 것을 말이다.

"하지만 입구로 보이는 곳이 없는데요?"

"사람은 발견하지 못합니다."

"네?"

"트럭 한 대만 이쪽으로 가지고 오세요."

노형진은 트럭에서 견인 줄을 가지고 바위 위에 올라갔다.

그리고 여기저기를 두들기다가 어느 부분을 망치로 두들겨 부수었다.

"이건……."

거기에 뜬금없이 박혀 있는 견인용 고정 장치.

"사람의 힘으로 이 바위를 옮길 수는 없지요."

견인 장치를 달고 트럭이 움직이기 시작하자 천천히 움직이는 바위.

"우연이라도 바위를 치울 수는 없으니 누구도 발견하지 못할 수밖에요."

노형진은 플래시로 안쪽을 비추면서 천천히 내려갔다.

사막의 건조한 공기가 그곳을 자연스럽게 말려서 그런지 곰팡이 냄새 같은 건 없었다.

"그리고…… 짜잔!"

"미친."

차영진은 잔뜩 쌓여 있는 보물들을 보고 눈을 크게 떴다.

한쪽에는 역사적 유물들이 잔뜩 있고, 한쪽에는 금이 쌓여 있었다.

다른 쪽에 있는 상자를 열자 보석이 굴러떨어졌고, 그 반대쪽에서는 어마어마한 달러가 나왔다.

"이게 바로 사담 후세인의 보물입니다. 그리고 이라크의 보물이기도 하지요."

어마어마한 양. 그걸 보고 다들 입을 쩍 벌렸다.

노형진은 짝 소리가 나게 손바닥을 치면서 그들이 정신을 차리게 했다.

"우리는 여기서 환영받지 못하는 손님입니다. 어서 나르지요. 이걸 가지고 나가면 여러분들의 고생은 끝입니다."

모두의 얼굴이 환해졌고, 그들은 차량에서 다급하게 수레를 가지고 와서 짐을 옮기기 시작했다.

⚖️

"역시나라고 해야 하나."

짐을 옮기는 데에만 무려 여섯 시간이 걸렸다.

그리고 노형진 일행은 바로 국경을 향해 달려가기 시작했다.

하지만 그들의 고생은 의미가 없어져 버렸다.

가는 길에 있는 대단위 병력 때문이었다.

"아주 깡그리 끌고 왔군요."

노형진은 드론에서 보이는 병력을 보고는 혀를 내둘렀다.

탱크가 여덟 대와 무장 트럭 그리고 족히 천 명은 넘어 보이는 보병 전력.

"현장에서 습격할 수 없었을 테니까요."

차영진은 걱정스러운 얼굴로 말했다.

노형진을 따라다니다가 기름이 떨어지는 바람에 현장에서 습격하는 데에 실패했으니 남은 것은 국경으로 가는 길에 습격하는 것뿐이다.

국경이 열려 있다고 하지만 그건 어디까지나 이라크 쪽 이야기고, 이라크에서 다른 나라로 가는 국경은 다 막혀 있을 수밖에 없다.

IS를 막아야 하니까.

그러니 움직일 수 있는 경로는 한정되어 있고 IS는 그곳으로 가는 길을 막고 있는 것이다.

"어떻게 할까요?"

"어떻게 하긴요. 계획대로 해야지요."

노형진은 드론으로 확인되는 병력을 보면서 혀를 끌끌 찼다.

그제야 몇몇이 드론을 발견한 듯 하늘을 향해 총을 쏘기도 했지만 정규군도 아니고 민병대에 가까운 그들이 쏴 대는 총알이 먼 하늘에서 움직이고 있는 드론을 맞히는 건 불가능에 가까웠다.

"어차피 우리는 저들과 싸울 생각이 없으니까요."

물론 전면전도 해볼 만하기는 하다.

저들은 민병대이고 이쪽은 훈련받은 병력이다.

더군다나 이쪽이 가진 탱크는 3세대 탱크이고 저쪽은 고작 2세대.

사실상 탱크전으로 나가기만 해도 원거리에서 피해를 주는 게 가능하다.

"하지만 계속 말했다시피 안전이 최우선입니다."

노형진은 그렇게 말하면서 사람들을 바라보았다.

"모두 작전대로 합니다. 그들이 잘 쓰는 방법으로 돌려줘야지요. 그들이 정신 못 차리는 사이에 우리는 뚫고 지나갑니다."

"네!"

"알겠습니다."

모두 작전에 대해 알고 있었고, 잠시 후 노형진의 진영에서는 천천히 하늘로 어마어마한 숫자의 드론들이 날아오르기 시작했다.

"허허, 이거 참."

차영진은 혀를 끌끌 찼다.

허공을 가득 메운 드론들.

그 드론들에는 군용 C-4가 한 덩이씩 매달려 있었다.

"아마 저들은 자기들 전략에 당할 줄은 모를 겁니다."

IS는 사실상 공군 전력이 없다.

아무리 밀매업자라고 할지라도 전투기를 구하는 것은 불가능에 가깝다. 생산량이 극도로 한정되기 때문이다.

물론 이라크 정부가 무너지면서 일부 노획한 물건이 있기는 했지만, 애초에 공군력에 있어서 미국이 압도적이어서 초반에 갈려 나간 데다가 공군 조종사들은 무척이나 고급 인력이다.

당연하게도 IS에는 그런 인력이 없다.

그런 걸 배운 것 자체를 이슬람에 반한다고 생각하는 놈들이니까.

"그래서 저들도 나름의 방법을 만들었지요."

그게 바로 드론 폭격기다.

드론에 폭탄을 달아서 자살 폭탄 테러처럼 가져다 박아 버리는 거다.

구 일본군 가미가제의 현대판이라고 보면 된다.

다만 멀리서 조종한다는 것뿐이지.

"나름 쓸 만한 전술입니다. 한 가지 문제만 빼면요."

일단 드론이 비싸다.

드론이야 많지만, 무게가 좀 나가는 물건을 매달고 움직이는 드론은 힘이 좋아야 하고 당연히 가격도 비싸진다.

그래서 IS에서 쓰는 드론은 매달 수 있는 폭탄의 양이 많지 않다.

그나마도 상대적으로 파괴력이 약한 다이너마이트 계열의
무기가 많다.

"하지만 우리는 이야기가 다르지요."

힘이 좋은 드론을 충분히 가지고 있고, 그들의 드론보다
훨씬 멀리 날아갈 수 있으며, 폭탄 역시 폭발력이 강한 군용
C-4를 준비해 놨다.

"그리고 결정적으로 숫자가 엄청나게 많지요."

하늘을 가득 메운 이백 대의 드론들.

오늘을 위해 모든 사람들이 드론 조종법을 배워 둔 상태였다.

사실 감시만 하려고 한다면 드론이 이백 대나 필요하지 않다.

"아마 저들은 공습을 예상하지 못했겠지만."

노형진은 잔인한 미소를 지었다.

인간의 존엄? 그런 건 없다.

저들은 IS고, 사람을 죽이고 고문하고 강간하고 내다 파는
인간 이하의 족속이다.

스스로 인간으로 행동하지 않는 자들을 인간으로 대해 줄
만큼 노형진은 착한 사람이 아니었다.

"아마 역대급으로 화려한 폭격이 시작될 겁니다, 후후후."

"뭐야, 저거?"

어마어마한 숫자의 드론이 날아오자 지키고 있던 IS 병력은 당황해서 그쪽을 바라보았다.

"쏴! 쏴서 떨궈!"

그게 뭔지는 모르지만 일단 숫자가 많다는 점에서 분명 불안할 수밖에 없었고, IS 대원들은 하늘을 향해 미친 듯이 사격하기 시작했다.

무장 트럭 역시 사격하는 등 대응하기 시작했지만, 애초에 이들은 민병대 수준의 병력이었고 화망 구성 같은 건 배운 적도 없었다.

당연하게도 드론은 요리조리 움직이면서 총알들을 피했고 떨어지는 숫자는 미미했다.

"당장 쏴서 떨궈!"

대장으로 보이는 남자는 강한 불안감에 다급하게 부하들을 재촉했다.

그 순간.

쾅!

엄청난 폭음이 들리면서 한쪽에 있던 전차가 터져 나갔다.

"이게 무슨……."

강력한 폭음에 대부분이 바닥을 나뒹굴었다.

아무래도 2세대 전차와 3세대 전차는 사거리에서부터 차이가 날 수밖에 없으니까.

"적의 습격이다!"

"공격해!"

그들은 드론으로 감시하는 시스템이 없었기 때문에 노형진의 일행이 어디쯤 와 있는지 전혀 몰랐고, 그 첫 번째 기습은 그들에게 치명적인 타격을 안겨 줬다.

그들이 바닥을 나뒹구는 순간 드론들이 미친 듯이 달려들었다.

쾅!

콰쾅!

드론들의 첫 번째 표적은 당연히 무장 트럭 같은 위험한 물건이었다.

아무리 장갑차라지만 그들은 기본적으로 대구경이니까.

"포, 폭탄이다!"

"드론에 폭탄이 달렸다!"

대부분은 상황을 이해하지 못했지만, 드론 폭탄을 운영해 본 몇몇 대원들은 하늘에 떠 있는 드론들이 뭘 매달고 있는지 바로 알아차렸다.

"도, 도망쳐!"

"저건 못 잡아!"

한두 대만 해도 곤혹스러운데 이백여 대의 드론이라니! IS 대원들의 얼굴이 핼쑥해졌다.

그사이에도 차량이 터져 나갔고, 그렇게 순식간에 모조리 사라졌다.

"으아아!"

처절한 비명 소리.

반격을 할 수도 없었다.

그렇게 드론이 혼을 빼놓는 사이에 원거리에서 날아온 포탄들은 몇 대 안 되는 IS의 탱크들을 작살내 놨다.

몇몇 탱크에는 드론이 달려들기도 했다.

물론 드론 폭탄으로 탱크를 부술 정도는 안 되지만, 조종사들이 교묘하게 엔진 열을 방출하는 부위에서 폭탄을 터트림으로써 탱크를 죽여 버렸다.

그러다 보니 IS는 단 한 번의 공격에 전차고 무장 트럭이고 다 잃어버리고 알보병만 남게 되었다.

그럼에도 불구하고 여전히 하늘에는 반수 이상의 드론이 남아 있었고, 그 드론들은 다음 표적을 노리기 시작했다.

"저, 저거! 이쪽으로 온다!"

뭉쳐 있던 드론이 날아오는 게 보이자 다들 다급하게 사방으로 도망치기 시작했고, 그중 한 명을 드론은 끝까지 따라갔다.

쾅!

멀리 도망치던 남자는 폭음과 함께 먼지 속으로 사라졌다.

그리고 그 남자의 특징이 뭔지 모두들 알고 있었다.

"RPG 버려!"

"로켓 버려!"

바로 대전차 로켓을 든 병사라는 거다.

탱크야 그 로켓에도 버틸 수 있겠지만 장갑차는 무리니까.

트럭은 더더욱 무리고 말이다.

물론 진짜 교전 상태였다면 그런 일은 벌어지지 않았을 것이다.

하지만 적은 보이지 않는 상황에서 폭격 아닌 폭격으로 학살당하고 있으니 로켓을 가지고 있는 자들은 다급하게 로켓을 바닥에 내팽개치고는 황급하게 반대로 뛰었다.

"어떻게 이런 일이……."

부대를 이끌던 남자는 어이가 없어서 주변을 둘러봤다.

순식간에 전차와 차량을 모조리 잃었다.

그리고 여기저기 터진 폭탄 때문에 대원들은 정신도 못 차리고 있었다.

"어떻게 이럴 수가 있느냐고!"

그는 소리를 질렀지만 그 소리는 노형진에게 닿지 않았다.

⚖️

그 시각, 노형진은 그들을 빙 돌아서 우회하고 있었다.

"사방이 다 사막인데 무력화했다고 정면 돌파할 이유는 없지요."

노형진은 차영진을 바라보면서 빙긋 웃었다.

"중요한 건 그들이 따라오지 못한다는 겁니다."

"그래서 차량 위주로 파괴하라고 하신 거군요."

"네. 아마 지금쯤 그들은 아차 싶을 겁니다."

사실 C-4 드론은 폭발은 강력하지만 피해자가 많이 생길 수는 없다.

폭탄이 터질 때 피해자가 생기는 것은 그 폭염이나 폭압보다는 그로 인해 터져 나가는 파편들이 주변을 살상하기 때문이다.

대표적인 예가 수류탄이다.

그러나 노형진은 드론에 딱히 파편을 설치해 두지 않았고, 드론의 부품은 가볍고 약하기 때문에 그 폭압에 날아가는 게 아니라 아예 박살 나서 화려하기만 할 뿐 실상 큰 피해는 없었다.

"하지만 정신이 나가서 따라올 생각을 못 할 겁니다."

화려한 임팩트에 정신이 나간 상태에서 탱크가 무력화되었으니 겁을 잔뜩 먹었을 것이고, 실질적으로 차량이 박살 났으니 이동도 불가능할 것이다.

"통신도 쉽지 않을 테고요."

그러니 IS의 수뇌부가 상황을 알고 추가 병력을 구성하려 할 때쯤이면 이미 노형진 일행은 그들의 반경을 벗어나 있을 것이다.

"그리고 이제 우리는 부자입니다."

노형진은 씩 웃으면서 뒤에 따라오는 보물이 가득한 트럭
을 바라보았다.

⚖️

한국은 난리가 났다.

진짜로 그 보물을 찾아내는 데 성공할 줄은 누구도 생각하
지 못했기 때문이다.

"대략 4조 3천만 원 정도의 보물이군요."

노형진은 빼돌려진 보물의 양에 혀를 내둘렀다.

그 안에는 이라크의 보물뿐만 아니라 전 세계의 유물이 있
었다.

심지어 한국의 유물도 있을 정도였다.

"아마도 사담 후세인이 사 놓은 모양입니다."

노형진은 눈앞에 있는 사람을 보면서 미소 지었다.

"그래서, 처벌하실 겁니까?"

노형진을 찾아온 남자는 눈을 데굴데굴 굴렸다.

대한민국 정부에서 온 그는 그곳에서 찾아낸 돈을 한국에
투자하기를 원하고 있었다.

추정 금액이 4조. 현금 자산만 1조에 달하는 어마어마한
금액이다.

사실 생각해 보면 당연한 일이다.

이라크는 산유국이고, 아무리 미국이 경제제재를 했다고 하지만 그래도 이라크에서 기름을 사 가는 사람은 있다.

심지어 IS에서도 기름을 사 가는 게 자본주의다.

그렇게 판 돈은 절대 국민에게 뿌려지지 않는다.

모조리 후세인이 먹어 치웠다.

미국이 벌인 전쟁의 올바름을 떠나서 그는 독재자였고, 국민들에게는 전혀 신경 쓰지 않았으니까.

그러니 1조 대의 돈을 만드는 건 어려운 일이 아니었을 것이다.

"처벌은 최소한으로 하도록 하겠습니다. 아무래도 형평성이라는 게 있으니."

정부에서 온 남자의 말에 노형진은 고개를 끄덕거렸다.

그 정도만 해도 사실 충분하기는 하다.

아예 처벌하지 않는다면 위험 국가에 가는 것에 대한 브레이크가 걸리지 않는다.

"벌금으로 끝내죠. 그것도 200만 원 이하."

노형진의 말에 남자는 고개를 끄덕거렸다.

"알겠습니다. 그 대신에 그 자산은 한국에 투자하는 걸로."

이미 다른 나라에서도 노형진에게 투자를 요청하거나 그곳에서 찾은 자신들의 유물에 대한 구입을 요청하고 있었다.

"아, 그리고 투자 방식은 내가 고릅니다."

"네?"

"내가 바보인 줄 압니까?"

노형진은 남자를 바라보았다.

"당신들이 요구하는 건 아마 그 돈을 대기업 위주로 투자하라는 거겠지요."

"그거야 당연한 거 아닙니까? 서로의 이득을 위해서는 그게 최선이지요."

마이스터가 한국에서 뭘 할 때마다 한국의 대기업들과 자본가들은 휘청거렸다.

그 때문에 한국 정부에서는 어떻게 해서든 변수를 줄이고 싶어 했다.

하지만 노형진은 거기에 끌려다닐 생각이 전혀 없었다.

"절대로 안 됩니다. 설사 당신들이 처벌을 강하게 한다고 해도, 나는 대기업 쪽에 투자할 생각이 없습니다."

"하지만 대기업에 투자하는 게 현실적으로 가장 안전한 방법입니다."

"안전을 찾으려고 했다면 이라크로 이걸 가지러 가지도 않았겠지요."

노형진은 피식 웃으며 그에게 말했다.

"그리고 말입니다, 이쯤 되면 미다스에 대해 잘 아실 텐데요?"

"그건……."

남자는 곤혹스러움을 감추지 못했다.

실제로 몇 번이나 미다스 또는 마이스터를 통제하려고 했지만 그때마다 돌아온 것은 무차별적인 보복이었다.

"과연 미다스가 당신의 숨통을 얼마나 조일 수 있을까요?"

명백한 협박.

하지만 그는 다급하게 변명해야 했다.

"저, 저는 그냥 심부름꾼일 뿐입니다!"

"압니다. 그래서 가만히 두고 보는 거지요."

노형진은 고개를 끄덕거렸다.

"사업에 투자는 우리가 합니다. 그리고 그 사업이 어떤 게 될지는……."

노형진의 서슬 퍼런 미소.

"아마 조만간 알게 될 겁니다, 후후후."

인생을 저당 잡힌 사람들

4조의 돈. 그 돈으로 노형진이 할 일은 정해져 있었다.

"뭐라고? 지금 자네 청년들을 무조건 고용하겠다는 건가?"

"네."

유민택은 노형진에게 이야기를 듣고 침을 꿀꺽 삼켰다.

"그게 어떤 짓인지 알고 있기는 한 건가?"

"알고 있지요. 전 대한민국을 손아귀에 넣을 겁니다."

"그렇게 당당하게?"

"당당하게는 아니지요."

노형진은 살짝 웃었다.

사실 당당하게 할 만한 소리는 아니다.

하지만 당당하지 않다고 하더라도 이건 누군가는 해야 한다.

한국의 미래를 위해 말이다.

"청년은 한국의 미래다, 그 말은 많이 들어 보셨지요?"

"많이 들어 봤지."

"그러면 솔직한 이야기해 보시지요. 진짜로 청년이 대한
민국의 미래라 생각하십니까?"

"그건……."

노형진의 단도직입적인 질문에 유민택은 잠깐 고민하다가
고개를 흔들었다.

"그건 아닌 것 같군."

"왜일 것 같습니까?"

"대부분은 올라갈 수 있는 한계가 정해져 있으니까."

유민택은 대기업의 회장이지만 스스로 대룡이라는 거대한
기업을 키웠다..

그래서 다른 재벌가에 비해 일반적인 사람들의 삶에 대해
잘 안다.

"그 이유도 아십니까?"

"글쎄, 그건 잘 모르겠네. 자네도 알다시피 내가 일반인과
는 거리가 좀 있는 삶을 살고 있지 않나."

유민택은 순순히 자신이 다른 사람들과 다름을 인정했다.

사업을 하는 사람이 자신을 제대로 알지 못하면 망하는 건
순식간이니까.

"그건 시작부터가 제로가 아니라 마이너스이기 때문입니다."

"마이너스?"

"그렇습니다. 마이너스부터 시작하지요."

대학에 가면 일단 학자금 대출을 받아야 한다.

그런데 거기서부터 문제가 생긴다.

학자금 대출을 받으면 그 대출을 갚기 위해 일해야 한다.

그 기간이, 남자라면 10년은 걸린다.

게다가 그 후에 결혼을 준비해야 하니 또 빚으로 살아야
한다.

"한국은 빚이라는 걸로 청년을 통제합니다."

"하지만 과거에도 빚은 있었네만."

"그때와는 좀 다르지요."

그때의 빚은 미래로 가기 위한 것이었다.

가게를 연다거나 집을 구한다거나 하는 것 말이다.

"하지만 지금의 빚은 청년들을 과거에 묶어 두는 빚입니
다. 그들은 빚이라는 족쇄에 묶여서 과거에서 절대 벗어나지
못합니다."

그 빚 때문에 새로운 걸 시도할 수도 없고 또 다른 회사로
이직하기도 힘들다.

"하긴, 기존 세력이 공고해지고 있기는 하지."

"말장난인 거지요."

정치권은 그 학자금 대출이 청년들을 위해 하는 거라고 주
장한다.

하지만 그건 전혀 아니다.

"대학들은 매년 등록금을 올립니다. 그리고 학교의 기금은 매년 최고치가 갱신되지요. 그런데 정작 운영은 정부에서 보조금을 받아서 합니다."

그렇다 보니 웃긴 일이 벌어진다.

돈이 넘쳐 나서 어쩔 줄 몰라 하는 것이 대학이다.

그런데 그들은 휴게실에 노동자를 위한 에어컨 하나 두지 않는다.

공간이 아무리 남아돌아도 휴게실을 만들지 않는 곳도 있다.

"한국은 전체적으로 착취에 효율적인 시스템으로 돌아가고 있습니다. 저는 그걸 바꿀 생각입니다."

"그 4조가 일종의 종잣돈이군."

"맞습니다. 물론 역사적 보물을 다 파는 데 시간이 좀 걸리겠지만요. 하지만 현금으로 준비된 1조는 충분히 쓸 수 있습니다."

"음……."

노형진의 말을 듣던 유민택은 고개를 갸웃했다.

"하지만 이미 그런 일을 하고 있지 않나?"

노형진은 재능이 있는 사람들을 위한 제도를 운영하고 있다.

"그쪽은 아무래도 방향이 한정되어 있습니다. 애초에 그쪽은 지원이 거의 없는 쪽을 지원하기 위해 만들어진 곳입니다."

"아, 그랬지."

가령 피겨에 재능이 있거나 정치에 재능이 있거나 의학에 재능이 있거나 하는 식으로 재능은 확실하게 인정할 수 있는데 장학제도의 지원을 받지 못하는 사람들을 위해 노형진이 만든 게 인재 지원 제도였다.

"그런데 정작 공부는 지원이 안 됩니다."

국영수를 잘하거나 하면 장학금을 받으며 다닐 수 있다.

"하지만 그 장학금은 무척이나 적지요."

"그건 그렇지."

상위 10% 정도만이 장학금을 싹 쓸어 간다.

"그리고 그건 제도적으로도 악순환입니다."

오로지 공부만 잘하면 장학금을 받을 수 있다.

그건 일견 공평해 보인다.

"하지만 거기에는 속임수가 있지요."

"속임수까지야……."

"아니, 속임수가 맞습니다. 애초에 그건 모두가 평등하다는 걸 기반으로 만들어진 조건이니까요."

그런데 학생이 다 평등할까?

아니다. 평등할 수가 없다.

부모가 대학등록금을 내주고 일대일 과외를 해 주면 성적은 올라갈 수밖에 없다.

반대로 아무리 천재라고 해도 등록금을 빌리고 그걸 갚기 위해 아르바이트를 하고 또 그 시간을 쪼개서 공부해야 하는 사람은 성적이 떨어질 수밖에 없다.

아르바이트라지만 그것 또한 사회생활이고, 기업이나 가게에서 그들이 공부할 시간을 따로 빼 주지는 않으니까.

"결국 표면적으로만 평등을 만들어 낼 뿐입니다."

"흠⋯⋯."

유민택은 턱을 문질렀다. 노형진의 이야기를 듣고 있자니 어느 정도 수긍할 수밖에 없었다.

"하긴, 요즘 젊은이들에게 기회가 없기는 하지."

스펙을 높이고 그 스펙으로 취업을 하려고 하지만, 그 스펙의 절반도 안 되는 능력으로 먼저 취업한 사람들은 노오력을 외친다.

"저는 그들에게 기회를 주고 싶습니다."

노형진의 목표는 바로 그것이었다.

"그리고 4조 원이면 충분히 그걸 할 수 있는 돈이지요."

"설마 대학생들의 빚을 모조리 갚아 주려는 건가? 그건 별로 좋은 생각은 아닌데."

노형진은 고개를 흔들었다.

그건 멍청한 짓이다.

누군가 대신 갚아 준다는 것을 알게 되면 사람들은 일하지 않는다.

"그러다가 공산주의가 망했지요."

"그러면?"

"모든 채권을 우리가 매입합니다. 조건은 최저 이자로 무조건 통일합니다."

"결국 새로운 금융회사를 만들겠다는 것뿐 아닌가?"

"틀린 말은 아니지요."

"하지만 그런다고 해서 뭔가 나아지겠나?"

유민택은 그 건에 대해서는 부정적으로 생각했다.

분명 이자가 최저가 된다는 것만으로도 그들에게 도움이 될 것이다. 그리고 노형진의 성향을 생각하면 특혜 아닌 특혜를 주는 것은 그것만이 아닐 것이다.

"하지만 그런다고 해서 그들이 갑자기 나아질 거라고는 생각하기 힘드네. 이런 말 하긴 그렇지만, 결국 그들은 자네의 노예가 되는 거 아닌가? 주인만 바뀌는 게야."

"맞습니다. 주인만 바뀌는 거지요."

노형진은 고개를 끄덕거렸다.

"옛날 게임에 이런 대사가 있었지요, 그는 뱀이기는 하지만 '우리 뱀'이라고."

"우리 뱀이라……."

"그들의 인생을 제가 저당 잡을 겁니다."

남이 들으면 오해할 수도 있을 말이지만 딱히 틀린 말은 아니다. 실제로 대부분의 사람들은 은행에 인생이 저당 잡혀 있으니까.

"무슨 의미인지는 알겠네. 그들을 잡아 두고 싶은 거로군."

유민택은 노형진의 계획이 뭔지 알아차렸다.

그렇게 공부를 잘하는 사람들을 선점한다는 것은 기업 입장에서는 무척이나 반가운 일이다.

일단 유능한 사람들이 늘어나기 때문이다.

거기에다 배신의 가능성도 거의 없는 사람들로 말이다.

"과거에는 그런 경우가 종종 있었습니다."

가령 모 기업이 한 대학을 후원하면서 그 대학에서 나오는 사람들을 우선 고용하곤 했다.

"새론의 기업형이라고 보시면 됩니다."

새론에서는 백민대학교와 협약을 맺어서 그 학교 출신의 변호사들을 고용하고 있다.

그리고 백민대학교를 졸업하는 사람들은 다른 변호사들보다 훨씬 실력이 좋다.

그럴 수밖에 없는 게, 다른 사람들이 오로지 공부만 할 때 그들은 실무를 경험하기 때문이다.

"하지만 내정 문제가 터져 나올 텐데?"

워낙 취업 문제가 심각해지다 보니 요즘은 조금만 수틀리면 벌 떼처럼 들고일어난다.

그럴 수밖에 없다.

이제 진짜로 취업은 생존의 문제가 되었기 때문이다.

"하지만 지금 상황이 정상은 아니지 않습니까?"

"그건 그렇지. 정부에서 미친 짓을 한 덕분에 말이지."

정부에서는 인턴 제도를 만들었다.

현실적으로 실무를 하기 위해서는 실습이 필요하니 인턴들에게 그걸 배우라고 하는 것이다.

그래서 그 인턴들은 최저임금의 대상도 되지 않는다.

"하지만 한국의 대부분의 기업들은 인턴 제도를 악용하지요."

인턴으로 백 명 이백 명을 뽑고 그 후에 모조리 잘라 버린다.

가끔 그 안에서 한 명 또는 두 명 정도 뽑기는 하지만, 그들은 대부분 일종의 낙하산이다.

현실적으로 비정규직과 마찬가지로 인턴이라는 존재는 국가에서 기업에 준 노예들에 지나지 않는다.

"저희는 그래서 그 안에서 그들의 정보를 요구하는 겁니다."

"정보를?"

"전 국민의 산업스파이화."

노형진의 말에 유민택은 움찔했다.

"지금 그걸 말이라고……. 그건 불법일세!"

"그렇기는 하지요. 하지만 그걸 누가 압니까?"

노형진은 어깨를 으쓱했다.

"북한에는 오호담당제라는 게 있지요. 들어 보셨나요?"

"어릴 적에 들은 적이 있네."

다섯 집을 묶어서 서로가 서로를 감시하는 구조로 만드는 형태.

그리고 다른 집에서 당에 반하거나 당을 욕하거나 김일성

일가를 욕한 게 발견되면 같이 처벌한다.

그러니 서로가 서로를 감시하게 된다.

"정보길드를 생각해 보세요. 그들이 과연 산업스파이에 걸리던가요?"

"이해가 안 가네만."

"어떻게 보면 오래전부터 준비한 일이니까요. 아마 유민택 회장님은 이해를 못 하실 수도 있습니다."

아주 오래전부터 생각했던 구조. 그리고 그 구조에 따른 한국의 청소.

노형진은 일거에 모두를 쓸어버릴 수는 없다고 생각했다.

"제가 그들에게 요구할 조건은 단 하나. 범법자에 대한 제보입니다."

그 순간 유민택의 머릿속에 번개가 번쩍하고 쳤다.

노형진이 그동안 만들어 둔 수많은 시스템들.

사회를 발전시키기 위해 만들었다고 하는 그 모든 시스템들.

그게 하나로 묶이는 것. 그게 보였기 때문이다.

"대한민국은 관용이 넘쳐 납니다. 너무나 넘쳐 나지요."

법원에서는 강간범을 놔주고, 돈만 주면 죄는 사라지고, 사기범은 처벌받지 않고 편하게 생활하면서 피해자를 비웃는다.

범죄를 저지르면 그에 상응하는 처벌이 이루어져야 한다.

하지만 대한민국은 현실적으로 그 시스템이 정지된 상황

이나 마찬가지다.

물론 법률 체계는 제대로 되어 있다.

하지만 살기 위해서 라면 세 개를 훔치면 징역 1년.

그런데 수조 원대의 군사 비리는 생계형 범죄로 취급받는다.

"기본적으로 한국은 화이트칼라 범죄에 대해, 특히나 기업이나 정치인의 범죄에 대해 무척이나 처벌이 약합니다. 애초에 그걸 조사도 하지 않지요."

기본적으로 수사라는 것은 현장에 찾아가서 증거를 수집하고 계좌를 추적하고 서류를 뒤지고 하는 것이다.

하지만 권력이나 힘이 있는 자들이 엮이면 수사 방식이 이상하게 된다.

일단 경찰이 당사자를 찾아간다. 그리고 그가 부정하면 그걸로 끝.

"저는 그 학자금 대출의 변제를 정보로, 그것도 불법적 정보로 뜯어낼 생각입니다."

만일 상부의 불법적인 행동에 대해 알게 되면 무조건 그걸 자신에게 알려 주는 것. 그게 대출 변제의 조건이다.

그 건수에 따라 이자가 변제될 수도 있고 원금이 변제될 수도 있다.

"기업과 상관은 젊은 청년들을 도구 취급하지요. 그러면 반대도 될 수도 있는 것 아니겠습니까?"

"자네 무섭구먼."

만일 그게 제대로 작동하면 어떻게 될까?

아마도 신입들에 대한 공포감이 퍼질 것이다.

"과거에는 그냥 누군가 파는 정보만으로 버렸지요. 하지만 이제는 적극적으로 스파이를 파견하는 겁니다. 빚이라는 조건을 달아서요."

새로 들어가는 사람에게 기존 세력에 대한 충성심 같은 건 없다.

자기소개서를 아무리 길게 쓴다고 해도 결국 '돈을 벌고 싶습니다.'라는 말을 늘린 것에 지나지 않는다.

"그들이 성장해서 부패한 자들과 함께 자리를 잡고 그 과실을 같이 먹으려면 못해도 10년에서 15년은 걸립니다."

하지만 그 과정에서 팽당할 가능성은 90% 이상이다.

"그러면 그들은 어떻게 할까요?"

"빚을 탕감하는 걸 선택하겠군."

유민택은 소름이 돋았다.

만일 현실적으로 그게 된다면 부패한 자들은 무서운 속도로 정리될 수밖에 없다.

"어떤 조직이 부패에서 벗어난다는 건 그 조직이 빠르게 발전한다는 걸 의미하지요."

가령 꼰대들 중에는 자기 일을 부하에게 시키고는 사우나에서 시간을 보내는 사람들이 많다.

그들 입장에서는 어차피 할 일도 남에게 시키고 자기는 편하게 놀고 싶은 거다.

"하지만 그건 명백하게 불법이지요."

그걸 증거를 모아서 가지고 오면 노형진은 그들과 접촉한다.

그들에게 있어서 그건 심각한 문제다.

그게 하루 이틀도 아닌 수십 차례나 그랬다면 해직의 문제다.

"그들이 가지고 올 정보는 어떤 정보가 되겠습니까?"

"정보길드……."

정보길드에서는 그 정보를 취합한다.

그리고 도무지 용납이 안 되는 자들은 바로 복수재단을 동원해서 고발을 진행한다.

"그들은 자기 자리를 지키기 위해서도 중요한 정보를 가지고 올 수밖에 없지요."

그렇게 조금씩 위로 가면서 정보를 모으고 부패된 세력을 쳐 낸다면 세상은 깨끗해질 수밖에 없다.

"옛날부터 무서운 것은 민초들이라고 했습니다. 과거에 진짜 못 먹고 못살던 시절에는 민초들이 반란을 일으키곤 했지요."

하지만 지금은 그마저도 불가능해졌다.

과거와 다르게 군부대의 화력이 강해졌고 민주주의라는 허울 좋은 가짜 선택지가 남아 있다고 세뇌되었기 때문이다.

"하지만 보복이 없는 정화는 불가능합니다."

노형진이 지난 몇 년간 만들어 둔 시스템.

그게 본격적으로 작동하게 되면 민초들은 상부에 대한 고발을 통해 정화할 수 있게 된다.

단순 꼰대질에서 횡령까지 말이다.

"제가 아는 분의 형님이 건설업을 하고 계십니다. 어느 날 정부 공사에 입찰했는데, 거기서 담당자가 찾아왔다고 하더군요."

그리고 그 공사를 맡겨 줄 테니 공사비의 20%를 자신에게 달라고 했다고 한다.

규모가 무려 30억에 달하는 공사였고 20%면 무려 6억이다.

그는 공무원이었음에도 불구하고 그걸 당당하게 요구했다.

"하지만 그 형님은 거절하셨다고 합니다. 그리고 얼마 있다가 다른 업자가 계약했다고 하더군요. 공사비는 30억 그대로 말입니다."

그 말은, 그 업자는 그 조건을 받아들였다는 것이다.

"하지만 그걸 보복하거나 신고할 방법은 없지요."

고발해 봐야 증거 부족이 될 수밖에 없다.

설사 증거가 부족하지 않다 하더라도, 대한민국의 법을 보면 내부 고발자에게 절대 우호적이지 않다.

"아마도 그 형님은 다시는 정부 입찰에 들어가지 못할 겁니다."

실제로 노형진이 만든 도로 정비 업체에 들어오는 청탁은 어마어마하다. 가장 많은 게 돈을 넉넉하게 줄 테니 그걸 돌려 달라는 것이다.

"현실적으로 제가 도로 정비 업무를 거의 독점하고 있는 상황인데도 불구하고 그 지경입니다."

그러니 독점이 아닌 상황에서 빼돌려지는 돈은 어마어마할 것이다.

"하긴, 우리 경제 연구소에서도 그 소리를 하더군."

"그래요?"

"그래. 국가 예산의 20%가 빼돌려지고 있다고 보고 있네."

유민택은 고개를 끄덕거리면 말했다.

"자네가 말한 대로 모든 것은 죄다 공사로 연결되니까."

"그렇지요."

문화를 살린다?

그러면 가장 먼저 하는 건 문화센터를 올리는 것이다.

그런데 그 안을 채우려는 노력은 하지 않는다.

그렇다 보니 수백억짜리 전시관에 있는 건 고작 몇십만 원 짜리 그림이 전부다. 그마저도 몇 년간 바뀌지 않는다.

그게 한국의 현실이다.

"하지만 대규모의 스파이들을 양성하기 시작하면 이야기는 달라질 겁니다."

노형진의 말에 유민택은 눈을 반짝거렸다.

그럴 수밖에 없는 게, 이건 일종의 배신이기 때문이다.

부패한 세력이 일소될수록 기업은 빠르게 성장할 수밖에 없다.

"확실히 우리가 운영하는 암행어사 제도로는 한계가 있지."

유민택이 암행어사 제도로 내부를 감시하고 있기는 하지만 암행어사를 하는 사람들은 대부분 급이 낮은 신입 사원이다.

　　그런 신입 사원들이 접근할 수 있는 정보는 한계가 있다.

　　"하지만 어느 정도 직급이 있는 사람들은 빚이 없을 수가 없지요."

　　생활비의 문제가 아니라, 한국에서 방을 구하거나 집을 구하려면 결국 빚을 지는 수밖에 없다.

　　"그렇다면 자네가 나를 보자고 한 건……?"

　　"대룡을 대상으로 첫 번째 시험을 해 보기 위함이지요."

　　"호오."

　　처음부터 대대적으로 하기에는 스케일이 큰 일이다.

　　하지만 대룡이라고 하면 상당히 적당한 실험처다.

　　규모가 적당히 크고, 외부적으로 보면 대룡은 무척이나 깨끗한 기업이니까.

　　"하지만 깨끗하게 보인다고 해서 진짜로 깨끗한 건 아니지요."

　　노형진은 자신 있게 말했다.

　　"아마도 제법 청소할 게 많을 겁니다, 후후후."

어차피 저당 잡힌 인생

　대룡은 새론이 만든 대부 업체를 통해 변리 대출을 할 수 있게 소개해 줬다.

　그렇잖아도 높은 이자에 허덕이던 사람들은 3%대의 낮은 이율에 당연히 대출을 받아서 기존 대출을 변제하는 걸 선택했다.

　물론 그 과정에서 불법행위에 대한 정보 제공 동의는 필수였다.

　만일 불법행위에 대해 알고도 그걸 제보하지 않는 경우 빌려 가는 순간부터 법정 최고 이자를 소급 적용한다는 조건이었지만, 대부분은 그 계약에 동의했다.

　공짜로 알려 주는 것도 아니고 그에 따라 이자를 줄여 주거나 큰 건이라면 아예 원금을 깎아 준다는 조건인데 거기에 동의하지 않으면 이상한 것이다.

그리고 비밀 유지 조항 때문에 누가 대출을 받았는지 그리고 얼마나 대출받았는지는 철저하게 비밀로 부쳐졌고, 그렇게 그들은 대룡의 내부에서 조금씩 늘어났다.

"어이, 김 대리. 지금 장수전자 가지?"

"네, 지금 출장 갑니다."

김 대리라고 불린 김종수는 자신을 부른 박여진 과장의 말에 갸웃하며 물었다.

"왜 그러십니까?"

"아니, 같이 가자고."

"딱히 과장님이 가실 만한 일은 아닌데요."

"딱히라니 그런 게 어디에 있어? 과장이라고 자리만 차지하고 있으면 안 되지, 허허허."

박여진 과장은 사람 좋은 너털웃음을 지었지만 김종수는 그걸 보고 주먹을 불끈 쥐었다.

'나이스.'

박여진 과장은 좋은 상관은 아니다.

물론 크게 뭔가를 해 먹으려고 하는 놈은 아니지만 알게 모르게 하청 회사에서 조금씩 받아먹는 건 익히 알려진 사실이다.

그 건에 대해 증거도 없고 고발해도 딱히 이득이 없기 때문에 가만히 두고 보고 있었지만, 이제는 상황이 바뀌었다.

"네, 같이 가시지요."

김종수는 고개를 끄덕거렸고, 박여진은 별생각 없이 그와 함께 하청 회사로 갔다.

그리고 하청 회사의 사장은 박여진을 보는 순간 얼굴이 굳었다.

"아이고, 사장님. 오랜만입니다."

"아, 네. 반갑습니다, 박 과장님."

약간은 떨떠름한 표정의 사장.

그럴 수밖에 없다.

박여진이 올 때마다 뜯기는 돈이 상당했으니까.

"오늘은 물건이 어떤지 검품하러 왔습니다."

"저희 물건이야 언제나 최고입니다. 검품은 몇 번이나 하는데요, 뭘."

"그래도 제가 두 눈으로 확실하게 봐야지요."

사장은 속으로 이를 박박 갈았다.

'네가 본다고 뭘 알아보겠냐?'

알아볼 수 있을 리가 없다.

그는 공장에서는 일해 본 적도 없는 사람이니까.

더군다나 검품도 그냥 두 눈으로 하는 게 아니다.

산업용 엑스레이를 이용해서 내부의 작은 금까지도 확인한다.

그런데 확인하러 왔다는 건 뻔하다.

"어이, 박 대리. 나는 검품 좀 하고 올 테니까 여기서 서류 확인하고 있어."

"네?"

"같이 가려고?"

"아, 아닙니다."

"그러면 나 다녀올게. 사장님, 같이 가시지요."

슬쩍 아래로 내려가는 박 과장.

사장은 뒤에서 작게 한숨을 내쉬면서 그를 따라 내려갔다.

뒤에 남은 김종수는 잽싸게 비서에게 달라붙었다.

"저기요."

"알겠습니다."

비서로 보이는 여자는 어쩔 수 없다는 듯 서랍을 열더니 봉투 하나를 건넸다.

엉겁결에 그걸 받아서 열어 보니 5만 원짜리 지폐 예순 장이 들어 있었다.

무려 300만 원이다.

"이걸 저한테 왜 주시는 거예요?"

"네?"

도리어 당황하는 여자 비서.

"부, 부족하세요?"

"부족한 게 아니라, 이걸 왜 저한테 주시냐고요."

"그거야……."

말을 하지 않는 여자를 보고 김종수는 돈을 받은 게 과장만이 아니라는 걸 알아차렸다.

'하긴, 그렇겠지.'

현실적으로 과장이 그런 짓을 한다면 보고가 들어갔어야 한다.

하지만 보고가 진행되지 않았다.

그 말은, 전임자들 역시 적지 않은 돈을 챙겼다는 걸 의미한다.

"혹시 말입니다, 그 관련된 자료나 증거 있습니까? 아니면 돈을 주고받거나 한 CCTV 같은 거라도……."

"그게……."

여직원은 곤혹스러운 얼굴이 되었다.

설마 그런 증거를 달라고 할 줄은 몰랐기 때문이다.

그리고 그런 때의 대응책에 대해 이미 김종수는 계약할 때 배워 놨다.

"저는 대룡의 암행어사입니다."

"암행어사요?"

여자의 얼굴이 환해졌다.

소문은 들었다.

대룡에는 암행어사라는 제도가 있어서 부패한 내부인에 대한 고발 및 감시를 전문적으로 한다고 말이다.

다만 그 숫자가 적어서 여기까지는 오지 못했다고 들었다.

"네, 암행어사입니다. 그런데 이야기를 들어 보니 돈을 많이 요구하는 것 같은데요."

자신에게 주는 돈이 300만 원이다.

그러면 과장은 보통 얼마나 받아 갈까?

"그게……."

"보복은 없습니다. 제가 이걸 보고하면 도리어 이쪽에도 도움이 될 겁니다."

"하아."

여직원은 한숨을 폭 쉬더니 나지막하게 말했다.

"한 달에 한 번 정도 오는데, 과장이라는 남자는 한 번에 천만 원 정도 요구해요."

"천만 원요?"

절대 작은 돈이 아니다.

1년이면 1억 2천인데, 그러면 과장 연봉의 두 배다.

"거기에다 같이 오는 사람들도 보통 300만 원 정도……."

"미친놈들."

그는 이 부서에 새로 배치된 상황이다.

그래서 지금까지 그런 걸 전혀 알지 못했다.

"혹시 그 관련된 기록 같은 거 있나요?"

"저기…… 이거 우리 아빠가 무슨 불이익이라도 당하는 건 아니죠?"

"아빠? 아, 사장님이 아버님이시군요."

"네."

하긴, 이런 작은 회사는 가족끼리 운영하는 사람들이 많으니까.

"불이익은 없습니다. 도리어 이런 일을 막기 위해 저희가 움직이는 거니까요."

"그, 그런가요?"

"그리고 불안하시면 제 목소리를 녹음하시면 됩니다."

"녹음요?"

"네, 규정입니다."

힘이라는 것은 상대적이다.

만일 누군가가 암행어사인 것처럼 접근해서 증거를 모으고 그걸 가지고 배신했다고 하면서 피해를 주려고 한다면, 당사자 입장에서는 곤혹스러울 수밖에 없다.

"그래서 암행어사가 자신의 신분을 알리는 경우 무조건 그 신분을 공개하고 녹음 파일을 남기게 되어 있습니다."

"아, 그래요?"

그제야 안심한 여자는 핸드폰을 꺼내서 녹음 기능을 켰다. 그리고 관련 기록과 증거를 내밀었다.

"미리 준비되어 있었던 겁니까?"

"저 개새끼한테 한 번은 엿 먹이려고요."

여자는 이를 박박 갈면서 말했다.

"저희는 대룡을 바라보고 살 수밖에 없어요. 그런데 아무리 그래도 그렇지, 매달 이렇게 와서 돈을 요구하니까 죽을 맛이라고요. 우리가 가지고 가는 돈이 천만 원이 안 되는데 매달 천만 원을 요구해요. 만일 자기가 못 오면 계좌로 쏘라고 하고요."

"그렇게 당당해요?"

"자기는 절대 안 걸릴 거라고 확신하던데요."

김종수는 입술을 깨물었다.

그런 게 사실이라면 암행어사 제도에 허점이 있는 거니까.

'하긴, 이렇게 외부에서 돈을 받는 건 감시할 수가 없지.'

기본적으로 암행어사는 업무 중에 벌어지는 불법적 일을 감시하는 역할이다.

하지만 이렇게 회사 외부에서 벌어지는 일인 경우 직접 연관되지 않으면 알 수가 없다.

그리고 특별한 경우가 아니면 대부분의 업무는 결국 내근이다.

"알겠습니다. 이 기록은 제가 가지고 가서 제출하겠습니다."

"그러면 앞으로는 이렇게 당하지 않아도 되는 건가요?"

"걱정하지 마세요. 이제는 절대로 그런 일은 없을 겁니다, 후후후."

"이게 무슨……."

유민택은 당황해서 말이 안 나왔다.

그래도 암행어사 제도를 운영하면서 많이 깨끗해졌다고 생각했다.

그리고 실제로 많은 사람들을 잘라 버렸다.

그런데도 속속 들어오는 정보들은 유민택의 정신을 아득하게 했다.

그가 생각하는 기업이 아니었으니까.

"어, 어떻게 이럴 수가 있지? 나름 깨끗하게 운영한다고 했는데!"

당황하는 유민택을 보면서 노형진이 씁쓸하게 웃었다.

"전에 말씀드린 적이 있지요, 빈자라고 착하지 않고 부자라고 나쁘지 않다고. 부자가 악하게 보이는 건 부자가 더 악한 일을 할 기회가 많기 때문이라고."

분명 대룡은 그들을 내부에서 정리하고 또 소송까지 하면서 박멸했다고 생각했다.

"하지만 권력은 부패하는 게 속성입니다. 부패하지 않는 권력은 세상이 없습니다."

사건이 벌어진 직후에는 당연히 잠깐 조용한 시기가 온다.

하지만 이제 잠잠해졌다고 생각하면 부패한 자들은 다시

고개를 든다.

"그렇게 부패한 자들은 잘랐다고 하지만, 아래에 있던 자들이 올라왔지요."

그리고 그들에게 기회가 온 것이다.

"사람들은 한번 피바람이 불었으니 이제 그런 행동을 하지 않을 거라 생각합니다. 하지만 범죄자들은 우리와 생각하는 방식 자체가 다릅니다."

한번 피바람이 불었으니 당분간은 괜찮을 것이라는 게 범죄자들의 생각이고, 그사이에 최대한 빨리 뭐든 빼돌리려고 하는 게 그들이다.

"하지만 하청 회사들이 왜 제보를 안 하나? 분명히 하라고 했는데."

"제보하더라도 그들이 커트할 수 있으니까요. 과연 이사진에는 부패한 사람들이 단 한 명도 없으리라고 생각하십니까?"

유민택은 말문이 콱 막혔다.

확실히 승진을 시켰다.

그런데 아무리 암행어사 제도를 운영한다고 해도 이사진을 감시할 수 있는 방법은 없다.

현실적으로 암행어사 제도 운영이 가능한 건 과장급까지다.

그나마도 이제 들어간 암행어사들 중에서 최고 높은 직위가 대리다.

"결국 상부에서 부패하는 놈들은 우리가 알 수 없다는 거지요."

"으음……."

하지만 부장급이나 과장급은 그들의 비밀에 대해 알고, 그들 중 빚이 있는 사람들이 슬쩍 정보를 넘긴 것이다.

"미치겠군."

유민택은 기운이 쭉 빠진 듯 말했다.

"이게 자네가 하는 일인가?"

끊임없이 싸우고 박멸해도 또다시 악은 기어오른다.

보람이라고는 없다.

그냥 끊임없이 싸우고 싸우고 또 싸운다.

"박멸하기를 기대하는 건 멍청한 겁니다. 그냥 일이라고 생각하고 계속하는 수밖에 없습니다."

노형진은 안타깝게 말했다.

"그리고 그 박멸의 시간이 왔지요."

노형진은 눈을 반짝거렸다.

⚖️

대룡에 또다시 피바람이 불었다.

피바람이 분 지 얼마 되지 않았음에도 불구하고 다시 불어

온 피바람은 모두의 예상을 뛰어넘었다.

"즈, 증거 있어?"

최 이사는 다급하게 외쳤다. 자신이 막대한 예산을 빼돌렸다는 주장에 당황할 수밖에 없었다.

"그건 일단 조사해 봐야지요."

노형진의 방식은 간단했다.

제보가 들어오면 일단 조사한다.

그 조사를 막지도 못하고 또 연장하지도 못한다.

"난 억울하다고!"

"걱정하지 마십시오. 만일 억울한 제보라면 저희가 보호해 드립니다."

이런 일에 있어서 가장 문제가 되는 것은 다름 아닌 무고다.

법에서도 무고는 심각한 문제다.

더군다나 한국은 무고에 대한 처벌이 너무나 낮아서, 일단자기 범죄를 벗어나기 위해 무고를 하는 경우도 많고 자신의이득을 위해 무고를 하는 경우도 많다.

"하지만 대룡은 경찰이나 법원이 아니거든요."

만일 무고를 하는 경우 해직으로만 끝나지 않는다.

일단 해직은 기본이며 업무방해로 고발이 들어가고, 그 손해배상까지 한꺼번에 이루어진다.

대룡에서 움직이는 돈이 절대 적지 않은 만큼 대룡에서 거는 손해배상에 걸리면 파멸 수준까지 몰려가기 때문에 멍청하게 무고를 할 수가 없다.

'더군다나 죄를 고발하는 이유가 자기 빚의 이자라도 깎으려고 하는 건데 말이지.'

만일 무고를 해서 얻은 이득이 어마어마하다면 그걸 보고 너도나도 덤빌 수도 있지만, 이득이라고 해 봐야 이자 탕감 아니면 원금 탕감이다.

무고를 했다가 잘릴 걸 생각하면 이득이 강한 것도 아니다.

'아마도 무고는 없겠지.'

실제로 최 이사에 대한 뒷조사는 이미 어느 정도 이루어진 상황이었고 그의 횡령은 증명된 사실이나 마찬가지였다.

오늘은 그저 제대로 본조사에 들어가기 위해 그에게 보직 해임을 명령할 뿐이었다.

"난 억울해!"

"그건 조사가 끝난 후에 말씀하시고요."

끌려 나가면서도 최 이사는 자신의 몰락을 받아들이지 못하고 허둥거렸다.

"최 이사."

"회장님! 저는 너무 억울합니다!"

"그래, 억울하겠지."

유민택이 나타나자 그에게 매달리는 최 이사.

하지만 다음 순간 그는 말문이 막혔다.

"그런데 말일세, 자네가 아무리 가슴이 아프다고 해도 배신당한 나만큼 아플까?"

"그, 그건……."

부정할 수가 없었다.

그는 회장의 총애를 받아서 승진했다.

그 스스로도 피바람이 불 때 상관의 비리를 제보하고 승진한 사람이다.

그런데 똑같이 당할 줄은 몰랐던 것이다.

"가서 재산이나 정리하게나, 조만간 가지러 갈 테니."

최 이사는 털썩 주저앉을 수밖에 없었다.

⚖

"자수하는 사람들이 늘어났더군."

유민택은 씁쓸한 얼굴로 말했다.

대출해 주고 그 대가로 제보를 받는다는 노형진의 계획이 소문나기 시작하자 다급하게 자수하는 사람들이 많아졌다.

암행어사와 다르게 누가 배신할지 알 수 없다는 점에서 상황이 바뀌었기 때문이다.

부하에게 부담 없이 시키거나 할 수 있는 상황도 아니어서, 이제는 부하들이 공포의 대상이 되어 버렸다.

과거에 부하들에게 일을 맡기고 사우나나 룸살롱에 다니던 자들은 찍소리도 못 하고 일을 했고, 돈을 받아 챙기거나 비리를 저질렀던 자들은 다급하게 그만두려고 했다.

물론 지금 그만두는 사람은 비리가 있다고 판단하고 모두 조사할 것이며 그걸 은닉한 사람에 대해 처벌을 하겠다고 강하게 의지를 표명하였기에, 그들에게는 자수하는 것 말고는 대응책이 없었다.

"자네가 말한 계획이 너무 잘 맞아떨어져서 무서울 지경이군."

대룡에서의 짧은 시험일 뿐이었다.

그런데 상대적으로 깨끗하다고 생각했던 대룡조차 피바람은 어마어마하게 불었다.

심지어 30~40대가 아니라 20대 젊은 직원들 사이에서도 비리가 터져 나왔다.

잘려 나간 만큼 새로 들어온 작자들 역시 부패한 자들이 적지 않았기 때문이다.

"대기업이라는 건 그 존재 자체가 권력입니다. 그 안에서 부패하지 않으면 그게 이상한 거지요."

"그래서 웃긴 거지."

그 짧은 시간 동안 줄어든 예산이 무려 10%다.

그만큼 그들이 빼돌리거나 한 예산이 어마어마했던 것이다.

"그리고 계약에 따라 그중 일부는 저희에게 주시는 거고요."

"하아, 이런 식이면 아주 난리가 나겠군."

노형진은 손해 보는 게 없다.

부패한 사람들에 대한 정보를 기업에 넘겨서 돈을 받거나 그 정보를 정보길드를 통해 복수재단에 넘겨 돈을 받거나.

"그리고 그 돈으로 점점 더 잘, 많이 감시하게 되는 거지요."

부패에 대한 사회적인 감시.

그것이 노형진이 선택한 청소 방법이었다.

"아마 당분간은 사회에 피바람이 불겠군."

"그게 바로 제가 기대하는 일입니다, 후후후."

노형진은 눈을 반짝이면서 말했다.

이것이 법이다

두한, 반격을 결심하다

"청구 금액이 얼마라고?"

"현재까지 각 법원에 청구된 금액이 대략 2조 7,800억 정도 됩니다."

이상주는 이를 빠드득 갈았다.

방사능 문제로 인해 공장이 멈춘 것만 해도 심각한 문제인데 방사능 차량과 방사능 철로 인해 각 나라의 기업들이 두한에 고소를 진행하기 시작했기 때문이다.

"지금까지의 손해액을 따지면 치명적입니다. 이 피해를 벗어나려면……."

보고하던 이사는 눈을 데굴데굴 굴리다가 조심스럽게 말을 꺼냈다.

"두한건설과 두한인터내셔널을 판매해야 합니다."

"그걸 말이라고 하는 건가!"

"하지만 회장님, 이번 건은 워낙 증거가 확실합니다."

특히 유럽과 미국은 이 문제를 아주 심각하게 받아들였고 두한에서 수입한 모든 철재에 대한 추적을 시작했다.

당연히 그 철재 중에서 방사능이 발견된 모든 물건들을 철거하는 등, 미국과 유럽은 방사능 공포의 광풍에 빠져 버렸다.

그동안 일본에서 터진 일이라고 방치하고 있던 상황에서 자국 내에 그렇게 방사능 물품이 들어온 것에 대해 무척이나 충격을 받은 듯했다.

"망할 노형진 같으니라고."

이 모든 배후에 노형진이 있다는 걸 알아내는 것은 어려운 일이 아니었다.

애초에 노형진이 자신을 감추려고 하지도 않았다.

이번에는 당당하게 그가 나섰으니까.

"그래, 네놈과 우리는 같은 하늘 아래에 살 수 없는 거지."

이상주는 이를 빠드득 갈았다.

노형진의 선빵은 확실히 강력했다.

너무 강력해서 이빨이 몽땅 빠질 만큼.

"은행을 통해 돈을 빌려서 해결하는 걸로 하지."

"하지만 회장님, 그것만으로는 돈이 부족합니다."

"당장 줄 건 아니잖아! 어차피 1심으로 끝날 것도 아니고! 2심, 3심까지 갈 건수잖아!"

"그건 그렇습니다만……."

"그럼 일단 은행에서 빌려서 해결해! 회사 주식을 담보로 하든 뭘 하든, 빌려서 틀어막아!"

"알겠습니다."

이상주의 말에 좌중에는 침묵이 흘렀다.

회의라는 것은 같이 머리를 맞대고 문제를 해결하기 위해 의견을 나누는 것이다.

하지만 두한의 회의는 그런 게 아니다.

두한의 회의는 회장인 이상주가 이사들과 사장들에게 오더를 내리는 시간이었다.

"그 노형진은 뭘 하고 있나?"

이번 사건의 주범은 노형진이다.

그런데 그렇게 카운터를 맞고 나니 이상주는 너무 화가 나서 분노를 통제할 수가 없는 수준이었다.

지금까지 누구도 자신을 이렇게 무시하지 못했다.

그런데 고작 변호사 찌꺼기 하나가 자신에게 심각한 피해를 입혔다.

"암살자라도 고용해야 하나?"

"무리입니다, 회장님. 이미 한번 시도했다가 실패했습니다. 그로 인해 우리가 노형진을 노린다는 사실이 알려져 있습니다."

"하지만 어차피 죽어 버리면 덮을 수도 있잖아!"

"물론 형법적으로 덮는 것은 어려운 일이 아닙니다. 하지만 그 뒤에 있는 마이스터와 미다스가 문제입니다. 만일 그쪽에서 우리를 죽이려고 덤비면 우리는 회생 불능 상황에 빠질 수도 있습니다."

평상시라고 해도 싸운다고 하면 힘든 싸움이 될 수밖에 없는 상황이다.

그런데 지금은 이쪽이 치명적인 피해를 입은 상황.

만일 그쪽에서 죽이겠다고 덤비면 이쪽이 위험할 수도 있다.

"더군다나 지금까지 미다스의 전략을 보면, 그들은 다른 폭력단과도 상당히 밀접한 관계를 맺은 걸로 알려져 있습니다."

일본의 야쿠자, 중국의 삼합회 그리고 멕시코 갱단까지.

물론 노형진은 그들이 필요해서 이용한 거지만, 두한 입장에서는 그들과 함께 움직였다는 것만으로도 그들을 움직일 가능성이 있다고 볼 수밖에 없다.

"만일 우리가 무력을 쓰면 그들이 움직일 가능성도 있습니다. 과거의 경험을 생각하면, 그들이 움직이면 치명적인 타격을 입게 됩니다."

과거에 노형진을 제거하려다가 한번 걸린 적이 있었던 데다 그 때문에 도리어 해외 공장을 폐쇄할 뻔한 두한 입장에서 암살은 너무 위험한 방법이었다.

물론 이번 타격이 심각하기는 하지만 두한이 망할 정도는 아니다.

하나 그렇다고 해도 그냥 넘어갈 수는 없는 일.

"회장님, 차라리 생각을 바꾸는 게 어떠신지요?"

어떤 이사의 말에 이상주는 눈이 뒤집어졌다.

"생각을 바꿔? 설마 그 쌍놈의 새끼를 용서하란 말인가?"

이사는 다급하게 손을 흔들었다.

"아닙니다. 그런 게 아니라, 그를 죽이는 게 아니라 사회적으로 몰락시키자는 겁니다."

"사회적으로 몰락시켜?"

"네. 그를 사회적으로 매장시킴으로써 재기 불능으로 만들어 버리는 겁니다."

"하지만 어떻게?"

"죄를 뒤집어씌우는 겁니다."

"죄를 뒤집어씌워? 하지만 그놈은 변호사야. 자기 스스로 방어할 수 있는 방법이 있는 놈이라고."

"하지만 방어하지 못할 일도 있지요."

이사는 조용히 말을 이어 갔고, 그 말을 들은 이상주의 눈에서는 광기가 번득거렸다.

"뭐라고요?"

노형진은 기가 막혀서 말이 안 나왔다.

"노형진 씨, 당신을 네 건의 강간 혐의로 체포합니다."

다짜고짜 자신을 찾아와서 수갑을 채우는 남자들.

노형진은 어이가 없었다.

"아니, 강간이라니요? 내가? 오해가 있는 거 아닙니까?"

"웃기는 헛소리 하지 마시고. 피해자들의 증언이 나왔는데 무슨 헛소리야?"

펄럭이면서 체포 영장을 흔드는 경찰들.

"잘난 척하더니 아주 꼴좋구먼."

"변호사라고 하더니 아랫도리도 제대로 간수 못하나?"

"아랫도리 잘 돌리는 변호사가 있기는 해?"

경찰들이 이죽거리는 걸 보면서 노형진은 속에서 분노가 치밀었다.

지금 상황이 어떻게 된 것인지 바로 알아차린 것이다.

'누명을 씌웠군.'

성범죄는 누명을 씌우기 상당히 편한 죄목 중 하나다.

일단 다른 범죄와 다르게 증거가 딱히 필요 없기 때문이다.

더군다나 대한민국은 다른 건 몰라도 성범죄에 관해서는

증거 우선주의나 무죄 추정의 원칙 같은 걸 시궁창으로 처박 는다.

당연하게도 정당한 증거만 조작하고 진술의 일관성이라는 것만 유지하면 상대방의 인생을 박살 내는 데에는 전혀 문제 가 없다.

더군다나 진술의 일관성이라는 것도 결과적으로 여자가 진짜 '빡대가리'가 아닌 이상에야 자신이 했던 말을 기억 못 하지는 않는다.

더군다나 이렇게 죄를 뒤집어씌우는 거라면 사전에 충분 한 연습을 하기 때문에 일관성이 부정될 가능성은 낮다.

"허허허."

노형진은 어이가 없어서 헛웃음이 나왔다.

그동안 수많은 누명 범죄를 방어해 왔다.

그런데 그 자신이 그 누명의 대상이 될 줄이야.

그 순간 누군가 노형진의 뒤통수를 강하게 쳤다.

"웃어? 이 새끼가 웃어? 강간범 새끼가 아주 간땡이가 부 었구나."

노형진은 자신을 때린 경찰을 스윽 돌아봤다. 그리고 피식 웃었다.

"그쪽이야말로 간땡이가 부었나 봐요."

"뭐?"

"똥개도 자기 구역에서는 반은 먹고 들어간다는 말을 모르시나 봐."

노형진은 피식 웃으면서 고개를 돌렸다.

이쪽을 바라보고 있는 수많은 사람들.

"일단 내가 죄를 뒤집어쓴 건 둘째 치고서라도 말이지요. 지금 경찰에 의한 폭행 사건이 벌어졌습니다. 다들 그걸 못 본 척하지는 않으시겠지요?"

"어…… 뭐?"

"여기는 변호사 사무실입니다. 설마 당신들 생각처럼 내가 강간했다고 하면 다짜고짜 '아이고, 나쁜 놈!' 하면서 사람들이 나를 생까고 욕하고 나에 대한 폭력을 못 본 체할 줄 압니까?"

경찰들은 당황했다.

실제로 강간범을 체포하려고 하면 일단 그가 나쁜 놈이라고 생각하기 때문에 뒤통수를 치는 등의 폭력에 대해 주변에서 뭐라고 하는 사람은 없었다.

"당장 이 사람에 대해 폭행으로 고소장을 작성하시고요."

"지금 협박하는 거야?"

"협박이 아니라 고소장을 작성하라는 겁니다. 무죄 추정의 원칙 몰라요? 아직 나는 죄가 확정된 상황이 아니니 일반인이자 변호사로서, 나에 대한 폭력에 저항하는 건 불법이 아닙니다만?"

노형진의 말에 뒤통수를 때린 경찰은 아차 싶었다.

그동안 자기네들을 엿 먹인 노형진을 체포할 수 있다는 생각에 너무 흥분한 것이 패착이었다.

"내 사건의 진실 여부와는 상관없이 이건 별개로 진행될 거니까 그렇게 아시고."

노형진은 경찰들을 바라보면서 이죽거렸다.

"멍청하게 나한테 미란다원칙을 고지하지 않아서 풀어 주는 짓거리는 하지 않길 바랍니다."

경찰들은 잔뜩 썩은 얼굴이 되어 버렸다.

⚖️

얼마 후 노형진은 구치소에서 수의를 입고 동료들을 맞이하는 황당한 상황을 맞이했다.

"이거 참, 황당하지요?"

"황당? 지금 어이가 없어 죽겠네. 아니, 다른 사람도 아니고 자네가 강간을?"

"뭐, 그런 말은 효과가 없습니다. 연쇄 강간범 중에는 사회적으로 존경받는 사람들이 많거든요."

노형진의 말에 찾아온 김성식은 더 기가 막혔다.

"지금 상황이 이해가 가나? 자네 사건이야. 자네가 강간으로 잡혀 들어간 거라고. 그런데 그렇게 느긋하게 상황 분석할 거야?"

"느긋한 게 아니라 냉철하게 판단하는 겁니다. 여기서 제가 억울하다고 울고불고해 봐야 뭐가 바뀌나요. 상대방은 아주 작정하고 준비한 것 같은데. 안 그런가요?"

"으음……."

김성식은 긴 한숨을 내쉬었다.

"맞아. 아주 작정하고 준비했네."

"어디 보자, 정자는 없을 테고, 아마도 증거는 흐릿한 CCTV와 피해자의 진술일 테지요. CCTV의 범인은 얼굴을 감췄을 테고, 피해 장소는 아마도 아파트나 빌라 같은 건물 내부, 흉기를 이용한 강간에 콘돔을 썼을 겁니다. 아마도 결정적인 증거는 유전자일 테니까…… 제가 흘린 머리카락이 가능성이 높네요."

노형진의 말에 김성식은 눈을 찡그리더니 가지고 온 서류를 열었다.

그리고 슬쩍 보고는 다시 한번 노형진을 바라보았다.

"혹시 자네, 이거 자네가 짠 건가? 아니면 이 신고 서류를 이미 구해서 읽어 봤나?"

"아니요."

노형진은 어깨를 으쓱했다.

"하지만 저는 나름 생활이 깔끔한 사람이거든요."

"그거야 알지."

"그래서 가능성을 따져 본 겁니다. 과연 어떤 식으로 죄를 뒤집어씌울 것인가. 그러다 보니 답이 나오더군요."

일단 흐릿한 CCTV와 얼굴을 가린 범인이라는 것은 노형진을 특정하지 못한다는 것을 의미한다.

"그런 경우는 제가 신고 여성들을 무고죄로 고소할 수 있지만 실제로 성립되기는 힘들지요. 그들이 특정한 게 아니라, 거기서 발견된 무언가로 나를 특정했다는 거니까. 정액이 있으면 제가 하지 않았다는 가장 확실한 증거인 만큼 당연히 정액은 없었을 테고 말입니다. 그리고 범인을 특정하기 위해서는 유전자와 지문이 필요하니까 머리카락 같은 거라고 추정하는 건 쉽지요. 가장 구하기 쉬운 거니까. 한정된 공간이라는 것도, 결국 여성이 도망가거나 도움을 요청하는 걸 막아서 다른 증인이 없다는 걸 증명하기 위해서고요. 그리고 폭행은 아마도 얼굴에 행해졌을 겁니다. 제 손과 비슷한 사이즈의 타격 흔적이 남았을 테고요."

노형진이 마치 다 안다는 것처럼 이야기하자 김성식은 조심스럽게 다시 물을 수밖에 없다.

"말도 안 된다고 생각하지만, 정말 자네가 하지 않은 거 맞지?"

노형진이 모든 걸 너무 완벽하게 예측해 냈기 때문에 던진 질문이었다.

"안 했습니다. 다만 제 행동 패턴을 생각해 보고 그동안 죄를 뒤집어씌웠던 사건들의 행동 패턴을 보면 쉽게 유추할 수 있지요."

"허허, 맞네. 정확하게 맞아."

사건 기록에 따르면 노형진, 아니 범인은 여자 혼자 사는 집에 들어가서 칼로 위협하고 강간한 후에 도망치는 방식으로 범죄를 저질렀다고 한다.

그리고 현장에서 지문과 머리카락이 발견되었지만 비교 대상이 없었다고 한다.

"'지금까지는' 말이지요."

"지금까지는 말이지. 하지만 어떻게 자네와 연관된 건지 모르겠군."

"얼마 전에 이라크 사건이 있지 않았습니까?"

"아하!"

이라크에 갔다 온 것은 명백하게 불법이다.

정부에서 그 돈에 욕심을 내서 처벌을 낮추기는 했지만, 전과 기록이니 당연히 지문을 등록해야 한다.

"그때 등록된 지문을 빼돌려서 가짜 지문을 만드는 건 어려운 일도 아니었을 테고요."

노형진은 어깨를 으쓱했다.

"그렇게 해서 죄를 만들면, 짜란!"

노형진이라는 죄인이 만들어진다.

"그러면 일단 그 여자들을 뒤져야 하나?"

김성식은 심각한 얼굴로 말했다.

변호사에게 죄를 뒤집어씌우는 것은 심각한 문제다.

사실 이건 남자에게는 아주 심각한 문제다.

그럴 수밖에 없는 게, 일반적으로 성범죄자라는 굴레가 뒤집어씌워지면 사회적으로 파멸을 피할 수가 없다.

'설사 내가 미다스의 보호를 받고 있다고 해도 말이지.'

아무리 좋은 기업이라고 해도 성범죄자에 대해서는 무척이나 강력하게 대처한다.

특히 미다스는 미국인으로 추정되는 상황.

미국에서 성범죄자는 사람 취급도 못 받는다.

'그러니 총애를 벗겨 버린 후 나에 대한 보복을 할 수 있게 될 거라고 생각했겠지.'

물론 그게 일반적으로는 맞는 말이다.

단 하나, 노형진이 미다스 본인이 아니라면 말이다.

"도대체 누가 이런 행동을 하는지 모르겠군. 새론이 워낙 적이 많다 보니……."

변호사 생활을 하면서 적이 없을 수가 없다.

특히나 새론은 기본적으로 서민을 위해 변론하는 경우가 많아서, 재벌가나 돈이 있는 사람들은 거의 대부분 원한을 가지고 있다고 볼 수밖에 없다.

"아마 현 상황을 봐서는 두한이 제일 의심스럽습니다."

"두한이?"

"일반인이라면 성범죄 혐의를 뒤집어씌울 여자를 한 명 정도만 구할 겁니다. 그걸로 충분하거든요. 그런데 무려 네 명이라는 건 좀 다른 문제죠."

더군다나 그 모든 장소에 노형진의 지문을 심고 머리카락을 놔야 한다.

현실적으로 허위 고소를 하는 건 어렵지 않지만 머리카락과 지문을 심는 것은 전혀 다른 문제다.

"그런 면에서 보면, 그 정도 일을 할 수 있는 건 두한뿐입니다."

노형진은 어깨를 으쓱하며 말했다.

"더군다나 두한은 저한테 심각한 타격을 입었지요. 그들 입장에서는 미다스의 총애를 벗겨 가면서 저를 제압할 방법이 많지는 않습니다. 하지만 사회적인 충격을 생각하면 이 방법이 최선이지요."

노형진은 현 상황을 분석하고 확신했다, 두한 말고는 이런 짓을 할 놈이 없다고.

물론 대동도 노형진과 싸우고 있기는 하다.

하지만 대동이 이런 싸움을 걸기에는, 일본의 상황이 호락호락하지 않다.

특히 신동성은 여러모로 불리한 상황이 되었는데 노형진을 잘못 건드려서 미다스까지 끼어들면 진짜 순식간에 밀려 버릴 수도 있기에, 그의 진중한 성격을 생각하면 이런 행동을 할 가능성이 높지 않다.

'어찌 되었건 자신의 형제와 부모를 속이기 위해 수년간 가면을 쓰고 산 놈이야. 이렇게 즉흥적으로 뭔가 할 놈은 아니지.'

그러면 남은 건 결국 두한뿐이다.

"두한이 저를 제압하기로 했다면 이런 방법을 충분히 생각할 만하지요. 두한은 음험한 놈들이니까요. 방식을 봐서는 두한 쪽에 가깝습니다."

"두한이라……. 그러면 쉽지 않겠군."

"더군다나 제 이름과 사회적인 지위를 생각하면, 불확실한 증거를 가지고 구속영장까지 나올 가능성은 높지 않습니다. 그런데 구속영장이 나왔지요. 그건 상대가 한국 정부와 법원에 강력한 힘을 투사할 수 있다는 겁니다. 결국 남은 건 두한뿐이지요."

마치 남의 일처럼 느긋하게 말하는 노형진.

그런 노형진의 대범함에 김성식은 혀를 내둘렀다.

그였다면 아마 지금쯤 아는 인맥 모르는 인맥 다 동원해서 문제를 해결하려고 했을 텐데 노형진은 전혀 흔들리지 않았기 때문이다.

"그러면 어쩔 생각인가? 이대로 당하고만 있으려는 건 아니지?"

"그럴 리가요."

"그러면 일단 여자들의 과거를 추적해야 하나?"

노형진은 고개를 흔들었다.

다른 경우라면 모르지만 이번에는 그런 방식이 통할 리가 없다.

"두한은 이런 음험한 짓에 도가 튼 놈들입니다. 아마 그 여자들에게서 화류계 기록이나 강간에 대한 신고를 한 기록, 두한과 관련된 기록 같은 건 안 나올 겁니다."

"하긴, 영장이 나오고 모든 게 다 일사천리로 진행된 걸 봐서는 작심하고 덤빈 건 확실한 것 같은데."

"그러니까요."

노형진은 그렇게 말하고는 심호흡했다.

"하지만 저들의 수에 놀아날 수는 없지요. 일단 가볍게 대한민국을 흔드는 것부터 시작할까요, 후후후."

다음 권으로 이어집니다

이것이 법이다

틴타 현대 판타지 장편소설

# 다시 한 번 아이돌

## ONCE AGAIN IDOL

#No환승 #No휴덕 #저세상주접킹양산
소울 가득 B급 감성부터 소름 돋는 대형 군무까지
돌덕들의 빛과 소금이 될 그 아이돌이 온다!

화상을 입고 아이돌의 꿈을 포기한
10년 차 연습생 서현우
트레이너로서 유명 돌들을 양성하던 중
갑작스럽게 데뷔 전으로 돌아가다!

회귀자 짬밥으로 무사히 데뷔해
크로노스를 스타덤에 올려놓은 그는
무대마다 뜻밖의 주목을 받으며
연예계의 중심에 서기 시작하는데……!

숨길 수 없는 반전 매력 무대의 향연!
그가 무대에 설 때 역대급 라이브가 펼쳐진다!

블랙라벨 대체역사 소설

# 삼국지 환상 동탁전

## 삼국지 빙의자의 필수 교양은 무력? 지력?
## No No, 이젠 도력이다!

의문의 적에게 맞서기 위해 동탁으로 부활한 기업가
그런 그가 선택한 방법은 **삼국지판 Simcity!**

혼란에 빠진 천하의 한복판 하동에서
한나라의 르네상스를 꽃피우며
**만인의 적 동탁, 일기당천들의 군주로 거듭나다!**

**그렇게 동탁은 행복하게 살았……을 리가 있나!**
역사로 안배돼 있던 사건들이 뒤틀리며
동탁의 태평천하를 위협하고
그 배후에서 그놈의 흔적이 발견되는데……

서량의 호걸 동탁 중영
도술과 지략으로 혼란한 천하를 구원하라!